섬마을 산책

섬마을 산책

펴낸날 2017년 8월 7일
지은이 노인향

펴낸이 조영권
꾸민이 토가 김선태

펴낸곳 자연과생태
주소 서울 마포구 신수로 25-32, 101(구수동)
전화 02) 701-7345~6 **팩스** 02) 701-7347
홈페이지 www.econature.co.kr
등록 제2007-000217호

ISBN : 978-89-97429-78-3 03810

노인향 ⓒ 2017

한국출판문화산업진흥원의 출판콘텐츠 창작자금을
지원받아 제작했습니다.

섬마을 산책

노인향 지음

자연과생태

'섬'이라는 위안을 타박타박 거닐다

운동 신경 제로에다 저질 체력, 몸치이기까지 한 내가 남보다 낫다고 내세울 만한 움직임은 '걷기'다. 버스도 다니지 않던 산마을에서 나고 자라 10대 때는 일상으로 하루 수 킬로미터를 걸어 다녔고, 20대 때는 반짝반짝 빛나던 이상과 달리 남루한 현실 탓에 헛헛한 마음을 채우고자 밤낮으로 이곳저곳을 오락가락했다.

　그러면서 깨달은 것이 하나 있다. 산책하는 즐거움이다. 때로는 졸랑졸랑, 때로는 터덜터덜 걷다 보면 신기하게도 마음에 불던 폭풍우가 잦아들고, 깜냥은 부족하지만 무언가 할 수 있을 것 같다는 용기가 샘솟았다.

몇 년 전까지만 해도 내가 찾는 파랑새는 '여기가 아닌 어딘가'에 있을 거라 믿었다. 그 동화의 결말이 어떤지 뻔히 알면서도 내 인생은 다를 것만 같아 헐빈한 주머니를 탈탈 털어 떠났다가 털레털레 돌아오기를 반복했다. 그랬던 내가 20대 끝자락에 섬을 만난 것은 행운이다. 섬은 '여기'에 있으면서도 꼭 '어딘가' 같은 풍경으로 나를 보듬었다.

　내도 동백숲은 이상과 현실 사이에서 갈피를 잡지 못하던 오랜 나날을, 청산도 다랑치논은 터널 끝 희미한 조명등 같은 내일을 향해 달려야 하는 오늘의 무게를, 증도 갯벌은 모래성을 쌓고서 요새라 우기던 내 어리석음을 가만히 끌어안으며 파랑새는 여기, 소소한 일상 속에 있다는 그 단순한 진리를 조곤조곤 일깨워 주었다.

세상 가장자리로만 겉돌던 한 청춘이 우리 섬을 자박자박 거닐며 쓴 이 설익은 기록이 지금도 길 위에서 헤매는 누군가, 늘 최선을 다하지만 손에 쥐는 것이라고는 좌절뿐인 누군가에게 잠시나마 위안과 공감이 될 수 있다면 진심으로, 더할 나위 없겠다.

자두가 소담스레 익어 가는 계절에

노인향

그대 지친 마음일랑
여기 두고 가소

생이 참 고달플 때가 있다. 그럴 때 우리는 위로가 필요하다. 형식적인 몇

마디가 아니라 진짜 마음을 울리는 위안이. 내게도 그런 위로가 절실해 청

산도로 떠났다. 연둣빛 비가 내린 듯 초록 물결이 넘실대고 달팽이처럼 느

릿느릿한 그 섬에서 나는 아무 것도 하지 않았건만 모든 것이 괜찮아졌다.

청산도 풍경 속에 있는 것만으로도 장마처럼 흐렸던 마음이 유월 한낮처럼

환해졌다.

'슬로길'로 가는 왁자그르르한 길

엊저녁, 청산도행 운항 시간표를 확인하려고 완도여객선터미널에
들렀다가 흠칫했다. 주차장은 물론 길가에도 빼곡히 줄지어선 관
광버스와 마침 항구에 도착한 여객선에서 밀물처럼 쏟아져 나오는
관광객을 보고 말이다. 딱히 의도한 것은 아니지만 여태까지 다닌
섬들 대부분은 유명 관광지가 아니었고, 간혹 이름이 알려진 섬이

더라도 주로 비수기에 다녔기에 사람이 **많아** 배를 타지 못할 것이라는 생각은 해 본 적이 없다. 청산도 **여행**을 준비하면서도 역시나 설렁설렁했는데 대단한 관광섬인 **청산도를 내가** 너무 만만하게 여겼나 보다.

나름 번잡함을 피하려고 댓바람부터 **바지런**을 떨었건만 아나나 다를까 여객선터미널은 어제 **예상했던 것보다** 훨씬 붐빈다. 청산도행 배편을 구하려면 아침 7시도 그리 **이른 시간**은 아닌가 보다. 터미널 안은 총천연색 옷차림을 한 **관광객**으로 (과장 조금 보태서) 발 디딜 틈이 없다.

매표소 앞으로는 관광객 행렬이 꼬리에 꼬리를 물고 늘어섰다. 나도 그 꼬리 하나를 덥석 물고 줄섰건만 **바로** 앞줄에서 계획했던 7시 20분 배편이 마감되었다. 이런! **아쉬워하며** 8시 40분표를 끊고 돌아서는데 여전히 목을 길게 **빼고** 제 **차례**를 기다리는 사람들을 보니 바로 다음 배편을 구한 것도 **천만다행**이지 싶다.

당연하겠지만 배에 올라서도 **상황**은 **터미널**과 차이가 없다. 선실은 도무지 들어갈 엄두가 나지 **않을 정도**고 갑판도 옥작복작하기는 마찬가지다. 여기에 단체 **여행객** 특유의 소란스러움까지 겹치니 마음 아래쪽에서부터 불안감이 스멀스멀 기어오른다.

긴긴 터널 같던 겨울과 봄을 **빠져나온** 뒤, 퍽 오랜만에 떠나는 여행지로 청산도를 택한 것은 아무런 **생각 없이** 느긋하고 싶어서였다. 청산도는 아시아 최초 슬로시티로 선정될 만큼 '느림의 미학'

을 표방하니 느릿느릿 여행하기에 이만한 섬도 없다고 여겼는데 어째 가는 길은 너무 와자그르르하다. 설마 이런 분위기가 청산도 에서도 이어지는 건 아니겠지?

청산도에는 연둣빛 비가 내린다

아, 배에서 염려한 것은 기우였나 보다. 청산도 도청항에 내리자마 자 관광객은 소나기 만난 개미처럼 뿔뿔이 흩어지더니만 이내 언 제 그 많은 사람이 있었냐는 듯 사위가 한산해졌다. 신기하다. 다 들 어디로 사라진 걸까. 여하튼 더는 박작거리지 않으니 한결 마음 이 편하다. 이제 어슬렁어슬렁 섬을 돌아보면 될 일이다.

청산도는 주민 대부분이 농사를 지어서인지 확실히 여느 섬과 는 풍경이 다르다. 시푸른 바다보다는 연둣빛 논밭이 여행자의 눈 길을 먼저 끈다. 갓 모내기철이 지났는지 야들야들한 볏모가 초록 융단처럼 섬 바닥을 뒤덮고, 한창 물이 오른 나무로 빽빽한 산이 너른 품으로 섬을 감싼다. 풍경을 바라보는 것만으로도 생명감 넘 치는 싱그러움이 몸과 마음 구석구석으로 스며든다. 입꼬리가 스 윽 올라가면서 한 마디 감탄이 새어 나온다.

"아, 좋다!"

그리고 보면 사람 마음이라는 게 참 우습다. 불과 몇십 분 전까 지만 해도 붐비는 인파 속에서 혹여 여행을 망치지 않을까 걱정이

이만저만이 아니었는데 지금 그런 염려는 온데간데없고, 설레고 달뜨는 마음만 가득하니 말이다. 옛말에 세상사 일희일비할 필요 없다 했건만 또 금세 풍경이 멋지다고 방방 뜨는 것을 보니 나는 여전히 설익었나 보다.

아직 모내기가 끝나지 않았는지 한 논에서 농부아저씨가 자그 마한 이앙기에 못자리판을 올리고 있다. 섬에서 모내기하는 모습 을 보게 될 줄이야. 논길에 퍼더버리고 앉아 바다처럼 펼쳐진 무 논을 내다본다. 미묘하게 이질감이 들면서도 한편으로는 아련하게 그리움이 인다. 농촌에서 나고 자라 그런가 보다 싶다가 고개를 젓 는다. 이건 출신과는 상관없이 청아한 자연 속에서는 누구나가 느 낄 수 있는 보편적인 감정일 것이다. 매일 매일 무채색 콘크리트 숲 사이만 오가다 마치 연둣빛 비가 내린 듯 싱싱하고 촉촉한 이 광경과 마주한다면 어느 누가 나와 같은 평안함을 느끼지 않을까.

"개똥 같은 세상이나마 둥글둥글 사세"

아마 영화 〈서편제〉를 보지 않은 사람이더라도 소리꾼 유봉과 송 화, 고수 동호가 야트막한 돌담길을 내려오면서 진도아리랑을 부 르는 장면은 알 것이다. 이 장면 덕분에 청산도 당리 입구는 일명 '서편제 길'이라 불리며 어마어마한 유명세를 탔다. 청산도는 항구 가 있고 식당이 밀집한 도락리 말고는 혼잡스러운 곳이 거의 없다 싶었는데 서편제 촬영지인 당리에 들어서니 유명 관광지 느낌이 물씬 풍긴다. 〈서편제〉가 개봉된 지 20여 년이 지났는데도 여전히 영화와 풍경이 주는 감동이 사람들의 마음을 울리나 보다.

이미 명소가 된 돌담길은 영화 속 풍경과는 자못 다르다. 이름이 알려지기 전의 모습, 그러니까 〈서편제〉에 나온 장면이 풋풋한 소녀의 민낯 같다면 지금은 그 소녀가 자라 어설프게 화장하고 덕지덕지 액세서리를 단 느낌이랄까. 그래도 예쁜 사람은 뭔 짓을 해도 예쁘다고 이곳 또한 여전히 곱상하다.

돌담길 입구에 들어서면서부터 〈서편제〉에 나온 진도아리랑이 들린다. 어디서 소리가 나나 싶어 봤더니 돌담에 돌로 위장한(!) 스피커가 있다. 나름 주변 경관을 해치지 않고 영화 분위기를 내려고 애쓴 흔적 같아 픽 웃음이 난다. 걸음을 솔 그늘 아래 벤치로 옮겨 무한반복되는 아리랑에 귀를 기울인다.

사람이 살면 몇백 년 사나
개똥 같은 세상이나마 둥글둥글 사세

문경새재는 웬 고갠가
구부야 구부 구부가 눈물이 난다

소리 따라 흐르는 떠돌이 인생

첩첩이 쌓인 한을 풀어나 보세

산천 하늘엔 잔별도 많고
이내 가슴속엔 수심도 많다

아리 아리랑 쓰리 쓰리랑 아라리가 났네
아리랑 응응응 아라리가 났네

영화가 한철일 때는 너무 어렸던지라 아리랑의 의미 같은 것은 알지 못했는데 서른 넘어 듣는 아리랑은 구절구절이 애애절절하다. 아직 스스로 철없는 아이 같다고만 생각했는데 아리랑이 가슴에 와 닿는 것을 보니 나도 조금은 어른이 되었나 보다.

풍경만으로 위안이 되는 섬

꼭 느닷없이 타임 슬립해서 아득한 옛날로 떨어진 것 같다. 국립공원 명품마을로 지정된 상서리 돌담길에 들어서니 말이다. 돌담길로 들어서는 순간, 직전 풍경은 온데간데없이 사라지고 수백 년 전에나 있었을 법한 골목 풍경이 쏟아지듯 나타난다. 담쟁이덩굴로 뒤덮인 오래된 돌담은 미로처럼 끊임없이 이어지고, 고샅을 지나는 것은 동네 꼬마들처럼 재잘거리는 새들과 낯선 바람뿐이다. 정

말 어느 드라마 속 주인공처럼 타임 슬립했을 리는 만무하지만 그 낯설고도 신비한 기분이 좋아 일부러 넋을 놓는다.

얼마나 멍하니 있었을까. 돌담길 바깥에서 청산도 마을버스의 경적 소리가 들려온다. 그제야 나는 의식을 되돌리고 이세계(異世界) 같던 돌담길을 빠져 나온다.

청산도에는 마을버스, 투어버스, 순환버스가 다닌다. 투어버스와 순환버스는 관광지를 오가고 마을버스는 청산도 구석구석을 다니며 주로 섬 주민들을 실어 나른다. 그리고 독특하게도 정류장에 가까워지면 기차나 배의 기적처럼 경적을 울린다. 멀리서도 주민이 버스가 온다는 것을 알 수 있도록. 이세계 풍경이든 현실 풍경이든 청산도에서는 사랑스럽지 않은 것이 없다.

괴테는 자연에는 직선이 없다고 했고, 가우디 또한 직선은 인간의 선이고 곡선은 신의 선이라 했다. 청산도를 휘돌아다니다 보면 절로 그들의 말에 고개 끄덕이게 된다. 특히 '다랑치논'의 두렁과 층층이 쌓인 돌담 무늬는 사람이 만든 것이라지만 밑바탕이 되는 그 선은 자연이 아니고서야 그려 낼 수 없는 것이리라. 카메라 셔터를 누르고 또 눌러도 성에 차지 않고 한참을 바라보고 응시해도 질리지 않는다. 그러니 걸음이 더딜 수밖에 없다. 청산도 안내 지도를 보니 섬 길을 '슬로길'이라 부르는 이유는 아름다운 풍경에 취해 절로 발걸음이 느려지기 때문이라는데 괜한 말이 아니다.

느릿느릿 마을을 구경하는데 어느 골목 안집에 사람들이 모여 웅성거리는 것이 보인다. 가까이 다가가서 보니 한 사람이 나무 앞에 놓인 사다리에 올라 살구처럼 노랗고 오동통한 열매를 따고 있다. 밑에서 사다리를 잡고 있던 주인아저씨가 '비파'를 따고 있다며 내게도 와서 좀 따 가란다. 30여 년 전, 그의 아버지가 제주도로 귤 따는 일을 하러 갔다가 비파나무를 얻어 와 심은 것에서 열매가 열렸다. 몇 년 전에 큰 태풍이 지난 뒤로는 열매가 거의 열리지 않았다는데 다행히 올해는 풍년인 모양이다.

주인아저씨는 집에는 열매를 먹을 사람이 없으니 관광 온 이들에게라도 나눠 주면 좋겠다고 생각해 지나는 사람들을 불러 비파 공양을 하고 있던 것. 탐스러운 열매만큼이나 그 마음도 참 소담스럽다. 한 손 가득 얻은 비파 덕분에 걸음만큼이나 마음도 느긋해진다.

바람이 나드는 마을 어귀의 정자에 올라 비파를 먹고는 마치 안방인 것처럼 너부러진다. 산드러운 바람이 끈끈해진 목덜미와 팔다리를 시원스럽게 내리훑고 지나간다. 이대로 잠들고 싶을 만큼 기분 좋게 나른해진다. 이런 여유로움, 얼마나 오랜만인지!

지난 겨울과 봄은 유독 길고 어두웠다. 마치 긴긴 터널처럼. 분명 터널에 끝이 있다는 것은 알았지만 그 끝이 언제 나올는지는 짐작하지 못했다. 끝을 확신할 수 있다는 것만으로도 다행이라며 희

미한 터널 조명등을 길라잡이 삼아 묵묵히 달렸지만 때로는 끝이
보이지 않는 막막함에 주저앉기도 했다. 조금 울기도 했지.

　바람이 다시 선뜻하게 스쳐간다. 몸을 일으켜 기지개를 죽 켠
다. 정자 아래서 고양이 한 마리가 초여름 오후 햇살을 이불처럼
덮고 낮잠을 잔다. 그 뒤로 담쟁이덩굴 옷을 입은 돌담과 새빨간
지붕이 보인다. 시선을 조금 더 멀리로 던지니 구붓한 다랑치논이
물결처럼 출렁이는 것이 눈에 들어온다.

　겨울과 봄, 꽤 고달픈 시간이었건만 이제는 마치 오래전 기억처
럼 아스라하다. 끝나지 않을 것 같던 그 터널을 지나 나는 지금 이
한갓지고 푸른 풍경 속에 있으니, 위안은 이것으로 충분하다.

꼭 움켜쥐었던
작은 주먹을 펴고

나름 고민과 방황을 많이 해 본 사람은 안다. 그 과정에서 얻은 경험을 토대로 마음에 성을 하나 쌓는다는 것을, 때로는 그 성을 완벽한 요새로 여기며 산다는 것을. 나 역시 그래 왔는지도 모른다. 하지만 막막하리만치 드넓은 증도의 염전과 갯벌을 바라보면서 내가 쌓은 그 성이 얼마나 콩알만 하고 무른 것인지 깨달았다. 긴긴 세월, 수두룩한 변화를 겪으면서도 제 색깔을 잃지 않은 증도는 내게 진리인 양 움켜쥔 그 작은 주먹을 펴고 요새 너머 진짜 너른 세상을 바라보라고 말했다.

배를 타지 않고도 섬에 들어갈 수 있다니!

증도는 청산도와 함께 아시아에서 최초로 지정된 슬로시티이자 유네스코생물권보전지역, 갯벌습지보호지역 등으로 지정, 보호되는 청정 갯벌과 근대문화유산인 태평염전, 소금박물관 등을 볼 수 있는 섬이지만 솔직히 증도 여행을 준비하며 가장 솔깃한 것은 육로로 갈 수 있다는 점이었다.

섬을 여행하기에 앞서 제일 먼저 챙겨야 하는 것은 배 시간표다. 섬의 가장 큰 특징이자 매력은 뭍과 떨어져 있다는 점이지만 뱃길이 익숙하지 않은 여행자에게 배를 타는 일이 녹록치 만은 않다. 행여나 날이라도 궂으면 뱃멀미를 심하게 할 수 있고 섬에 발이 묶여 오도 가도 못하는 신세가 될 수도 있기 때문이다. 다행히 이번 여행은 2010년 개통한 증도대교 덕분에 몸과 마음이 한결 수월하다.

증도는 섬으로 이루어진 전남 신안군에 속하며 '1004섬'이라는 신안의 명성에 걸맞게 들어가려면 무려 연륙교 4개를 건너야 한다. 먼저 뭍인 무안군 해제면과 지도를 잇는 다리를 건너고 이어서 지도와 송도 연륙교, 송도와 사옥도를 잇는 사옥대교를 건너고서 새빨간 증도대교까지 지나야 증도에 닿는다. 다리를 4개나 건넌다고는 하나 뱃길에 비하면 세상 편할 수가 없다. 그저 하루 이틀 머물다 가는 여행자의 마음도 이러한데 하물며 주민들의 기쁨은 오죽할까.

물론 세상일에는 모두 장단이 있겠지만 다급한 일이 있어도 파도나 바람이 심상치 않으면 뭍으로 나가지 못하고 그저 두 발만 동동거려야 했을 증도 주민들에게 증도대교는 뭍사람으로서는 가늠하기 어려울 만큼 커다랗고 소중한 날개일 것이다.

맑고 짜디짠 이것이 소금물인지 눈물인지

증도대교를 건너자 섬 어귀에 관광안내소가 보인다. 자그마한 것이 안내소라기보다는 꼭 초소 같다. 안내소 창틀에 비치된 지도와 안내서를 한 장씩 챙긴 다음 태평염전 쪽으로 방향을 잡는다. 염전에 가까워질 즈음 내 눈길을 사로잡은 것은 드넓은 염전도 아니고 소금박물관도 아닌 작은 가게 앞에 늘어선 행렬이다. 뭐하는 곳인가 싶어 보니 소금 아이스크림 판매점이다.

정신을 차리니 어느새 내 손에 아이스크림이 들려 있다. 염전과 박물관은 제쳐 두고 여름밤 불빛에 이끌리는 나방처럼 '소금 아이스크림'이라는 글씨에 무작정 날아든 것이다. 함께 줄을 섰던 꼬맹이들만큼이나 행복한 표정으로 아이스크림을 한 스푼 떠서 입에 넣는다. 끈적이지 않은 달콤함 너머로 건강한 짭짜래함이 슬쩍 고개를 내민다. 여운을 남기며 사라지는 맛 끝으로 처음 소금 아이스

크림을 맛봤던 순간이 떠오른다.

　20대 때 반년 정도 오키나와에 딸린 작은 섬 미야코지마에서 지낸 적이 있다. 그곳 특산품도 유키시오(雪塩)라 불리는 소금이고 섬 곳곳에서 소금 아이스크림을 판다. 그저 평범한 소프트 아이스크림이겠거니 하고 먹은 유키시오 아이스크림은 아주 감미롭게 내 예상을 빗나갔다. 그토록 완벽한 '단짠'의 조합이라니! 그 이후부터 나는 이렇게 소금 아이스크림만 보면 사족을 못 쓴다.

　아이스크림 가게 옆으로 대여 자전거가 즐비하다. 전국에 유행처럼 번진 '걷기길' 덕분에 우리나라 섬 곳곳에도 걷기길이 생겼고

덕분에 자전거로 섬을 여행하려는 사람도 많아진 모양이다. 걷기 좋은 길은 자전거를 타기에도 좋을 테니 말이다. 하지만 어제 오늘 내린 폭염 특보 탓인지 자전거나 도보 여행자는 거의 눈에 띄지 않는다.

태평염전 입구 왼편에는 근대문화유산 361호인 소금박물관이 있다. 이곳은 원래 1953년 태평염전이 생길 무렵 염전에서 일하던 사람들이 돌을 가져다 만든 소금 창고였다. 현재까지 우리나라에서는 유일한 석조 창고인 데다 원형이 잘 보존되어 있어 근대문화유산으로 등록되었고 내부 공사를 거친 후 2007년에 박물관으로

탈바꿈했다.

건축 유산으로서는 의미가 크겠지만 박물관이라고 하기에는 규모가 작은 편이라 사실 별 기대는 하지 않았다. 그런데 막상 들어와 보니 생각보다 공간이 예쁘고 알차다. 소금이 무엇인지, 생물 진화와 우리 문화에 어떤 영향을 미쳤는지, 천일염은 무엇이고 어떻게 만드는지 등 소금에 관한 여러 정보를 오밀조밀하게 정리해 놓았다. 박물관 홈페이지에서 미리 예약하면 바로 옆에 있는 염전에서 다양한 체험프로그램도 즐길 수 있다.

태평염전은 천일염을 생산하는 우리나라 최대(140만 평) 단일 염전이자 근대문화유산(360호)이다. 끝도 없이 펼쳐지는 소금밭은 1953년, 한국전쟁 때문에 고향을 두고 남쪽으로 내려올 수밖에 없었던 이북 피난민의 생계 수단으로 만들어졌다. 당시 증도는 지금처럼 한 섬이 아니라 선증도, 후증도로 나뉘어 있었다. 두 섬을 둑으로 잇고 그 사이 갯벌을 메워 염전을 조성한 것이다.

염전 사잇길에 서서 멍하니 광활한 소금밭을 바라본다. 뙤약볕에 머리카락과 살결은 꼭 타 버릴 것만 같고 갯바람이 온몸을 끈적끈적하게 휘감는데도 쉬이 걸음을 옮길 수가 없다.

어땠을까, 내 의지와는 상관없이 전쟁이라는 소용돌이에 휘말려 한순간에 가진 것을 모두 잃고 거친 폭풍우 속 난파선처럼 이리 휩쓸리고 저리 떠밀리며 남쪽에서도 남쪽, 섬 중에서도 섬인 이곳까지 와 뙤약볕과 갯바람을 견디며 섬과 섬 사이에 둑을 쌓고 바다를 메우고 소금밭을 일구어야 했을 피난민들의 심정은. 나로서는 도무지 헤아릴 수 없는 그 세월이 마음을 자꾸만 붙들어 돌아서는 걸음이 더뎌진다.

"염전 초기에 지어진 증도의 주택들은 피난민들이 고향을 그리워하는 마음에 모든 대문이 북쪽을 향해 있었으며, 지금도 증도의 몇몇 주택에는 그 흔적이 남아 있다."

_ 소금박물관 내 설명글 중에서

증도 여행을 준비하며 특히 가 보고 싶었던 곳 중 하나가 화도다. 화도는 증도 대초리와 노두길로 이어진 자그마한 섬으로 2007년 방영한 드라마 〈고맙습니다〉의 배경이 된 곳이다. 〈고맙습니다〉는 편견과 맞서면서도 희망을 잃지 않고 살아가는 주인공들의 이야기를 아주 따뜻한 시선으로 그려 내 보는 이로 하여금 많은 생각을 하게 한 작품이다.

화도 노두길은 밀물 때는 바다에 잠기고 썰물 때는 드러나므로 꼭 물때를 확인하고 건너야 하는데 길머리에 들어서니 운 좋게도 찰랑찰랑 길을 덮은 바닷물이 저 멀리서부터 서서히 밀려 나가는 게 보인다. 노두길은 원래 갯벌 위에 돌을 놓아 만든 징검다리(노두)였는데 지금은 자동차도 다닐 수 있게끔 도로 포장을 해 놓았다. 양 옆으로 평야처럼 펼쳐지는 바다를 두고 화도를 향해 곧게 뻗은 1.2km짜리 바닷길은 산에서 나고 자란 내게는 어떤 풍경보다 새롭고 신비롭다. 섬 여행이 한결 즐거워지는 순간이다.

달뜬 마음을 가득 안고 노두길로 첫발을 내딛으려는 찰나 왼쪽 해변에서 "퐁퐁", "다다다"하는 소리가 난다. 고개를 돌려 보니 서서히 드러나는 펄에 점점이 박힌 돌이 가득하다. 돌에서 소리가 날 리는 없고. 뭔가 싶어 갯벌로 내려가는 순간 돌멩이 위에서 수많은 무언가가 다시 "퐁퐁", "다다다" 뛰어간다. 짱뚱어 새끼들이다. 마치 일광욕하는 이구아나처럼 졸린 눈을 하고는 돌멩이에 붙어 있다가 내가 지나가니 가슴지느러미를 파닥거리며 물 위를 뛰어간 것이다. 끔벅끔벅하는 눈하며 물 위를 날듯이 달리는 모습이 하도 사랑스러워 화도로 들어가는 길이라는 것도 잠시 잊고 펄에 쭈그리고 앉아 녀석들을 관찰한다.

얼마나 그러고 앉았을까, 노두길 저 멀리서 물보라를 일으키며 달려오는 자동차 소리에 퍼뜩 정신이 든다. 그제야 짱뚱어에게서 눈을 떼고 다시 걸음을 재촉한다. 화도는 해당화가 많이 피어 만

조 때 보면 섬 모양이 꼭 꽃봉오리 같다고 해서 지어진 이름이라는
데 해당화는 거의 눈에 띄지 않는다. 아쉽게도 〈고맙습니다〉의 흔
적 역시 극중 영신이네(현재는 주민이 편의점과 민박집으로 운영)와
기서의 하숙방 건물, 드라마 촬영지였음을 알리는 낡은 표지판에서
나 찾아볼 수 있다. 하긴 이 작은 섬에서 종영한 지 10년이나 된 드
라마의 당시 풍경을 더듬으려는 것 자체가 문제였는지도 모르겠다.
그래도 영신과 기서의 집 너머로 보이던 바다는 그대로다. 참 많은
것이, 산하마저 휙휙 변하는 시대인데 이 바다는 예나 지금이나 변
함없이 밀려갔다 밀려온다는 사실이 새삼 다행스럽고 고맙다.

증도는 유네스코생물권보전지역, 갯벌습지보호지역, 람사르습지로 지정된 곳이며 2007년 청산도와 함께 아시아에서는 처음으로 슬로시티가 된 곳이기도 하다. 이는 증도의 바다와 여기에서 비롯한 삶이 생태, 문화 측면에서 매우 중요하다는 뜻이리라. 그래서 그 의미를 조금 더 깊이 살피고자 화도 다음으로 우전리에 있는 갯벌센터·슬로시티센터를 찾은 것인데 여간 실망스러울 수가 없다.

외관은 아주 번듯하건만 전시관과 영상실은 이름이 무색할 만큼 자료가 허술하다. 게다가 센터 너머에 있는 우전해변에서는 탁 트인 경관과 새하얀 모래, 맑은 물보다 바다에서 밀려와 여기저기 널브러진 쓰레기가 먼저 시선을 사로잡고, 해변 위로 조성한 솔숲에서는 파도 소리, 바람 소리 대신 한 초등학교 동창회 행사에서 틀어 놓은 뽕짝 소리가 귓전을 때린다.

섬을 여행하다 보면 종종 이런 광경과 마주할 때가 있다. 슬로시티든 보전지역이든 수식어를 붙여 그 지역을 보전하고 홍보하는 것은 당연히 나쁠 게 없다. 하지만 때로는 그 자체로 충분히 아름다운 것에 공연히 어설픈 포장지를 씌어 도리어 본디 매력을 해치는 경우도 있다.

쿵짝 쿵짝 울리는 뽕짝을 원치 않게 배경음악 삼아 돌아서다 생각한다. 비단 행정 업무만 그러할까. 나도 '나'라는 지역을 그리 운영하는 것은 아닌지, 보기에 번드레한 것만 좇는 사이 정작 내 색깔은 잃고 있는 것은 아닌지 말이다.

너른 갯벌 위에 놓여 올라서면 짱뚱어, 농게, 칠게 등을 관찰할 수 있는 짱뚱어다리에 도착했으나 아직 바닷물이 다 빠지지 않았다. 간조 때라야 갯벌 생물을 자세히 볼 수 있다. 마침 출출하기도 해서 다리 앞에 있는 포장마차에 자리를 잡고 컵라면과 '오뎅'을 먹으며 펄이 드러나기를 기다린다.

바닷길이 아닌 연륙교를 건너 증도에 오면서 이번에는 기다릴 일이 없어 참 편하다고 생각했는데 포장마차 간이 테이블에 앉아 증동리 갯벌을 바라보고 있자니 그건 바다의 단면밖에 보지 못한 여행자의 무지였구나 싶다. 세상에 기다림 없는 갯벌이, 바다가, 섬이, 인생이 어디 있을까.

컵라면 국물까지 깨끗이 비우는 사이 펄이 제법 드러났다. 짱뚱어다리에 오르기 전 바닷물이 밀려난 갯바닥부터 들어가 본다. 조심조심 걸음을 옮기는데 바닥 곳곳에 내 손가락 두 개 정도가 들어갈 만한 구멍이 천지다. 구멍 주변에는 구슬처럼 동그란 모래 덩어리가 수도 없이 많다. 또 쪼그리고 앉아 유심히 살피니 그곳은 엽낭게의 소리 없는 아우성으로 가득하다.

내가 모래밭에 들어서기 전까지 녀석들은 열심히 모래에 있는 박테리아나 플랑크톤 같은 먹이를 걸러 먹고 있었을 것이다. 그러다 지평선 위로 자기네보다 덩치가 수십 배는 큰 내가 쑥 나타나자

제 구멍을 찾아 들어가느라 여념이 없다. 워낙에 빛의 속도로 움직
여 소리는 나지 않지만 몸을 바닥 쪽으로 기울여 저 멀리까지 내다
보니 도미노처럼 쏙쏙 사라지는 모습에서 녀석들의 분주함이 전해
진다.

　　방금 전까지만 해도 엽낭게로 드글드글하던 모래사장에는 이
제 묘한 정적만이 감돈다. 그런데도 어디선가 소곤소곤하는 소리
가 들리는 것만 같다. 아마 모래땅 아래서 덩치 큰 저 생물은 대체

무엇일까 하며 엽낭게가 자기들끼리 수군거리는 모양이다. 공연히 엽낭게의 식사를 방해한 것 같아 미안한 마음에 살금살금 갯벌을 나오는데 왠지 뒤통수도 따가운 것 같다. 보이지는 않지만 구멍 위로 잠망경 같은 눈을 내놓고 녀석들이 나를 쳐다보고 있는 게 분명하다!

짱뚱어다리에 올라서자마자 '와아!'하고 예상치도 못한 탄성이 터져 나온다. 증도에 와서 갯벌은 원 없이 봤다고 생각했는데 시푸른 수평선이 거무스름한 지평선으로 바뀐 이 풍경은 마치 처음 보는 것인 양 경이롭다. 그 순간 막을 새도 없이 내 안에서 무언가가 와르르 무너진다. 마음의 성이다.

　무작정 앞으로 나아가야만 한다고 믿었던 어린 날에 열정 한 줌과 치기 세 줌으로 쌓아 올린 작은 성. 그 안에서는 내가 영주였고 답이었기에 나는 그 성이 나를 지키는 요새인 줄 알았건만, 높이 쌓아 올린 성 대신 그저 너른 품만으로 수많은 생물의 든든한 요새가 되어 주는 갯벌을 앞에 두고서야 나는 깨닫는다. 그건 성이 아니라 세상과 나 사이의 벽이었다는 것을. 그리고 이제는 옹색하게 쥐었던 주먹을 펼치듯 그 벽을 허물어야 할 때라는 것을.

섬에서 만난
어린 날의 여름

햇볕은 쨍하지만 나무 그늘 아래 서면 선선하고, 고흐의 그림처럼 구불거리는 아지랑이 속 마을 풍경은 기분 좋게 나른하고, 밤이면 머리 위로 찰랑하고 물소리가 날 것 같은 은하수가 흘러가고. 내 기억 속 어린 날의 여름은 그랬다. 그리고 인천 옹진군의 작은 섬, 백아도에서 참 오랜만에 그 여름을 다시 만났다.

피할 데 없이 숨통을 죄어 오는 더위와 온몸을 집어삼킬 듯 달라붙
는 습기를 이제는 거의 공기처럼 없어서는 안 되는 에어컨 바람으
로 겨우겨우 견뎌 가던 팔월 초. '섬은 그래도 조금 시원하겠지?'라
는 생각으로 백아도 여행을 준비했다. 기상청은 옹진군 덕적면 기
온이 31도를 웃돌 것이라고 했지만 막상 백아도 가는 배에 타니 생
각보다 선선하다. 태양은 작열하고 소금기 가득한 바닷바람은 온
몸을 김장용 배추처럼 절이는데도 숨이 턱턱 막히거나 괴롭지는
않다. 문득 내가 못 견디게 더워한 것은 높은 온도나 습도가 아니

라 콘크리트 건물로 켜켜이 쌓인 도시였는지도 모르겠다.

꽤 시원한 바닷바람을 가르며 배가 문갑도와 굴업도를 지나 백아도 앞바다로 들어서자 포크처럼 세 갈래로 갈라진 바위 선단여가 보인다. 선단여는 언뜻 큰 바위 하나인 것 같지만 가까이서 보면 제각기 다른 바위 세 개가 빌딩처럼 바다 위에 솟아 있다. 이어서 기차를 닮았다고 해서 기차바위라고 불리는 독특한 바위 옆으로 백아도 선착장이 점점 가까워진다.

백아도 선착장은 말 그대로 선착장이다. 배가 닿는 곳, 그 이상도 이하도 아닌 모습에서 백아도가 얼마나 작은 섬인지를 짐작할 수 있다. 배에서 내리니 파란색 트럭 한 대가 눈에 들어온다. 미리 예약해 둔 민박집 아주머니가 배 도착 시간에 맞춰 민박집 트럭을 선착장으로 보내겠다고 하더니 그 차인가 보다. 하지만 트럭에 민박집 이름이 없다.

전화를 해 보니 아주머니는 "지금 집에 일이 좀 생겨서 우리 아저씨가 데리러 갈 수가 없네요. 아마 선착장에 다른 트럭이 있을 테니 그것 타고 발전소마을까지 올래요? 운전하는 사람한테 말하면 태워 줄 거예요. 다들 그래."라며 굉장히 아무렇지 않게 이야기한다. 약간 쭈뼛거리며 트럭에 짐을 싣는 분에게 발전소마을까지 태워줄 수 있느냐고 물으니 역시나 이 분도 별 일 아니라는 식으로 타라고 한다. 오히려 짐 때문에 트럭 뒤 짐칸에 태워야 하는 걸 미안해하면서.

주인 없이 혼자서 배를 타고 바다를 건너온 짐들, 낯선 이 몇몇과 함께 트럭 뒤에 앉아 이리 흔들 저리 덜컹거리면서 마을로 들어선다. 트럭은 선착장에서 얼마 떨어지지 않은 보건소마을에서 먼저 선다. 운전하는 분과 뒤에 탄 몇몇이 트럭에서 내리더니 짐에 적힌 이름을 외치면서 짐을 부린다. 집밖에서 트럭을 기다리던 사람들이 저마다 제 짐을 찾아간다.

　주민 수도 적고 교통편도 흔치 않은 섬마을에서는 낮은 담벼락만큼이나 사람과 사람 사이의 울타리도 낮은가 보다. 너와 나의 경계가 허물어진 풍경 덕분에 마음 한 모퉁이에서 선선한 바람이 분다.

투박하지만 깊은 백아도의 맛

민박집에 도착하니 아주머니가 미안한 얼굴로 나를 맞는다. 전화로는 무심하게 이야기했지만 선착장에 데리러 가지 못한 것이 꽤 신경 쓰인 모양이다. 점심을 준비해 두었다면서 얼른 와서 먹으란다. 검은콩밥, 된장찌개, 늙은오이무침, 오이소박이, 농어구이, 풋고추, 호박잎. 작은 밥상에 올라온 반찬은 하나같이 정갈하고 맛깔스러워 보인다. 농어는 민박집 아저씨가 잡아온 것이고 나머지는 모두 아주머니가 직접 기르고 담근 것이다. 세상에는 값비싸고 흔하게 먹을 수 없는 진미도 많다지만 팍팍한 식당 밥을 주식으로 삼는 이에게는 이런 소박한 밥상이 가장 귀하고 맛나다.

밥을 푸지게 먹고 뿌듯하게 앉아 있으니 아주머니가 이제 무얼
할 거냐고 묻는다. 산에 가 볼까 싶다고 하니 아주머니는 토끼눈을
뜨고 "아니, 이 더위에 산엘 왜 가요?"한다. 옆에 있던 아저씨도 한
말 거든다. "뱀도 많은데 거길 왜 가려고 해. 서울 사는 우리 처제
도 하루가 멀다 하고 등산을 다니더니 인대가 늘어났다고 하더라
고. 무슨 사서 고생하려고." 민박집 부부에게는 이 더위에 먼 섬까
지 와서 구태여 산에 오르겠다는 것이 도무지 이해가 되질 않는 모
양이다.

그러면서도 아저씨는 "괜히 고생하지 말고 집 앞에 있는 남봉에

나 다녀와요. 별로 높지는 않아도 거기서 보는 풍경이 아주 그만이
야."라며 민박집 앞에서 바로 내다보이는 등산로를 추천해 준다.
아주머니도 "며칠 전에 보니까 누가 등산로 풀을 베어 놨더라고.
그나마 다니기가 수월할 거야. 아니, 근데 옷이 그것밖에 없어요?
반바지를 입고 어떻게 산에를 가."하더니 방에서 '몸뻬' 바지를 꺼
내 내게 건넨다. "어제 빤 거라 깨끗해."라면서. 말투는 뚝뚝해도
마음 씀씀이에서 아주머니가 만든 반찬처럼 감칠맛이 느껴진다.

섬, 하늘과 바다 사이에 누운 초록빛 생명체

발전소마을에서 보건소마을로 넘어가는 첫 번째 고개에 올라서면
등산로를 알리는 이정표가 있다. 남봉까지는 1.6km. 등산이라기보
다는 산책에 가까운 거리지만 확실히 산을 오르기에 더운 날이기
는 하다. 마을 스피커에서는 "폭염으로 인한 노약자분들의 열사병
이 염려되오니 주민 분들은 12시부터 5시 사이에는 외출을 삼가시
고, 경로당은 냉방가동하고 있으니……."라는 방송이 연달아 흘러
나온다.

　그래도 높은 곳에 올라 백아도 풍경을 바라보고 싶은 마음에 민
박집 아주머니가 챙겨 준 몸뻬 바지와 보리차를 든든한 아군 삼아
서 산길을 오른다. 길은 생각보다 험하지 않고 나무가 우거져서 볕
이 바로 내리쬐지 않아 그리 덥지도 않다. 다만 "누가 풀을 베어 놓

은" 구간이 생각보다 길지 않아 수풀이 무성한 길을 쭉 걸어야 하는데 오히려 다듬어지지 않은 자연스러움이 배어나 나름 운치 있는 산행이다.

30분쯤 산길을 걷다 보니 밧줄이 늘어진 큰 바위가 보인다. 남봉이다. 수풀을 헤치며 걸어와서 밧줄을 타고 바위를 오르니 꼭 어린 시절로 되돌아간 것 같다. 어릴 때는 한여름 그 더운 날에 참 여기저기 잘도 돌아다녔는데. 늘 즐겁고 신선했던 그 마음은 이제 어디로 가 버렸을까.

백아도(白牙島)는 섬 모양이 흰(白) 상어의 어금니(牙) 같다고 해서 붙은 지명이라고 하는데 남봉 꼭대기에서 내려다봐도 잘 모르겠다(사실 상어 어금니가 어떻게 생겼는지도 모르겠고). 오히려 하늘과 바다 사이로 길쭉하니 늘어선 섬은 초록빛 비늘로 뒤덮인 거대한 생명체처럼 보인다. 지금은 얌전히 누워 있지만 금방이라도 꿈틀대며 일어날 것 같은. 민박집 아저씨가 "풍경이 아주 그만이다"고 했던 말이 실감난다.

"별이 지나가는 길을 본 적 있니"

백아도로 떠나기 전날 밤, 매 시간에 별똥별이 수십 개나 떨어진다는 우주쇼(페르세우스자리 유성우) 소식을 들었다. 백아도에 도착해 동네 주민 분에게 유성우를 봤느냐고 물어보니 밤하늘이 "마

치 전쟁이 난 것처럼" 휘황찬란했단다. 하루만 더 일찍 백아도에 왔더라면 좋았을 걸 하는 아쉬움이 남는다.

늦은 밤, 비록 비처럼 쏟아진다는 별똥별은 보지 못하더라도 뭍에서 많이 떨어진 작은 섬마을이니 별은 많이 볼 수 있겠지 싶어 민박집을 나선다. 그런데 웬걸, 민박집 주변은 가로등 불빛 때문에 별이 제대로 보이지 않는다. 약간 실망스럽지만 혹시나 하는 마음으로 가로등이 켜지지 않은 발전소 근처 해변으로 방향을 트는데 그 순간 눈앞에 거짓말처럼 선명한 은하수가 펼쳐진다.

새까만 하늘에 눈물처럼 박힌 무수한 별이 강물처럼 흘러 금방이라도 찰랑거리며 물소리가 날 것만 같다. 한참 넋을 놓고 하늘을 바라보다가 고개가 너무 아파서 아예 바닥에 대자로 누워 버린다. 그러니 높고 멀기만 했던 하늘과 별이 한층 가까이 내려온다. 얼마쯤 그렇게 누워 있었을까, 까만 밤하늘에 하얀 선이 스윽 하고 지나간다. 워낙 순식간에 일어난 일이라 어리둥절해 하며 너무 오래 별만 보고 있어서 착시현상이 나타난 건가 싶었는데 또 다시 스윽. 별똥별이다!

별똥별은 이 하늘 저 하늘에서 나타났다 사라지고 밤하늘에 선명한 선을 그었다가 지우기를 반복한다. "전쟁이 난 것처럼" 휘황찬란한 하늘은 보지 못했지만 "별이 지나가는 길"을 수십 번이나 본다는 것만으로도 말도 못하게 마음이 벅차오른다. 눈으로 직접 보면서도 믿기지 않는 한여름 밤의 꿈 같은 순간이다.

폭염답게 백아도 역시 더웠지만 돌아다니면서 제법 선선하다는 느낌을 자주 받았다. 마을 곳곳에 바람이 통하는 장소가 많아서인지 그늘 아래 서면 금세 서늘해졌다. 생각해 보면 내 어린 날의 여름도 그랬다. 그때도 햇볕은 이글거렸고 조금만 움직여도 숨이 턱까지 차오를 만큼 더웠지만 땀을 식히고 한숨 돌릴 만한 바람과 그늘이 어디에나 있었다. 그래서 여름은 뜨거웠으나 지금처럼 버겁지는 않았다.

백아도 어르신들과 함께 보건소마을 어귀에 있는 팽나무 그늘 아래 앉는다. 태풍을 맞아 가지가 반쯤 죽었다는 팽나무지만 팔월 한낮 더위를 식혀 주기에는 손색이 없다. 그 아래서 마늘처럼 생긴 파 머리를 까면서 도란도란 이야기를 나누는 할머니들 모습, 아지랑이 속에서 구불거리는 바다 마을을 멍하니 바라보고 있자니 기분 좋게 나른해진다.

서서히 내려앉는 눈꺼풀 위로 선뜻한 바람이 불며 이마에 송골송골 맺힌 땀을 훔친다. 그래, 진짜 여름이란 이런 거였다.

그 바다에서는
이방인도 풍경이 된다

●

가을이 왔다. 알싸한 냄새 풍기는 바람과 푼푼한 햇볕을 맞으며 걷고 싶어
졌다. 그래서 매물도로 갔다. 차로는 둘러볼 수 없고 오직 두 발로 다녀야만
만날 수 있는 곳. 자박자박 바다를 건너고 섬을 돌아보니 하늘도 바다도 사
람도 한결 가까워졌다. 그러는 사이 여행자도 풍경처럼 바다에, 섬에 스며
들었다.

아침 9시, 통영여객터미널에 도착했다. 매물도로 가는 9시 반 배를 타려고. 표를 사러 창구로 갔더니 직원이 9시 반 배는 소매물도까지만 가고 매물도는 들르지 않는다고 한다. 분명 전날 전화로 배편을 문의했는데 어찌된 영문일까? 창구 직원이 확인해 보더니 전산 시스템에 오류가 났었는데 아마 그때 문의를 한 것 같다고 한다. 약간 황당하긴 하지만 여행에는 늘 변수가 따르는 법, 그래서 여행이 더 즐거운 것일 수도 있고.

매물도행 배는 11시 출항이니 2시간 정도 시간이 남았다. 무얼 할까 하다가 통영에 온 김에 제대로 된 충무김밥을 먹어 보자 싶어 터미널을 나선다. 거리에는 마치 판으로 찍어 낸 것처럼 엇비슷하게 생긴 '원조' 간판이 즐비하다. 다 거기가 거기 같은 풍경 속에서 유난히 작고 허름해 보이는 가게가 눈에 들어온다. 〈옛날원조 할매 충무김밥〉 집이다.

조심스럽게 가게에 들어서는데 뽀얀 피부에 인상이 서글서글한 할머니가 "아이고, 야야. 어서 온나~"하시면서 너무나 살갑게 반겨 주신다. 순간 '나랑 할머니랑 아는 사이였나?'고 생각할 만큼. 방금까지만 해도 낯설었던 통영항이 오랜만에 찾은 외할머니네 동네처럼 푸근하게 다가온다.

할머니가 만든 충무김밥은 휴게소에서 먹던 것과는 달라도 너무 다르다. 김으로 돌돌 만 밥도 쫀득쫀득하니 맛있지만 따끈하고 구수한 '시락국'과 딱 맛있게 익은 '무시' 김치, '짭쪼롬'한 오징어무침을 먹으니 사람들이 왜 충무김밥, 충무김밥 하는지를 알겠다.

할머니에게 음식이 다 맛있다고 하니 "값은 쪼매 비싸게 받더라도 음식은 맛있게 해야 한다. 먹는 사람이 맛있어야 안 하나. 그캐서 나는 김치도 쪼매만 안 담그나. 너무 마이 담가면 익어가꼬 맛이 없다 아이가. 김밥도 미리서 싸두는 데도 있는데, 그라면 맛이 없데이. 나는 손님이 오면 딱 그때 싼다."하신다. 그리고는 빈 국그릇을 보시더니 "시락국 더 주까?"며 얼른 국그릇을 다시 채워주신다.

두 번째 국그릇까지 깨끗이 비우고 일어서자 할머니는 내 두 손을 살포시 잡고 웃으며 "또 온네이~"하신다. 밖으로 나오니 꽤 포만감이 느껴진다. 김밥을 많이 먹기도 했지만 배가 부른 건 그 때문만은 아닌 것 같다.

조심하이소, 잡아갑니데이~

통영과 그 주변 바다를 흔히 다도해(多島海)라고 부른다. 이전까지는 그저 섬이 많으니 그리 부르겠지 정도로만 생각하고 대수롭지 않게 여겼는데 실제로 매물도행 배에 올라 바다를 바라보니 다도해라는 이름에 수긍이 가 절로 고개가 끄덕여진다. 작은 섬이 점점이 떠 있는 것이 아니라 산처럼 길쭉하게 늘어선 섬들이 산맥처럼 첩첩이 연이어진 풍광은 비현실적이기까지 하다. 마치 바다 위에다 깊은 산골 마을을 켜켜이 쌓아 놓은 것 같다.

정신없이 다도해 풍경을 바라보는데 갑자기 으슬으슬 오한이 든다. 며칠 새 기온도 많이 떨어졌고 비까지 내렸지만 습기 탓에 선내에는 여전히 에어컨이 나오는 상태다. 따뜻한 것을 마시면서 몸이라도 데울 요량으로 선내 매점으로 간다. 따뜻한 음료는 매점 아저씨가 타 주는 커피뿐. 아저씨가 종이컵에 인스턴트커피를 붓고 물을 따르고 돌아서기에 무심결에 커피봉지를 스푼 삼아 커피를 휘휘 저었더니 아저씨는 "아이고, 이거는 내가 저어야 맛있는

긴데 그걸 저으면 우짜노."한다. 뚝뚝해 보이는 인상과는 달리 꽤 살가운 말투가 정감 간다.

아저씨가 다시 저어 준 커피를 들고 자리로 돌아가려는데 아뿔싸, 의자에 부딪혀서 그만 커피를 쏟고 말았다. 밀대를 가지고 와서 바닥을 닦으려니 아저씨가 밀대를 낚아채다시피 하고는 대신 바닥을 닦는다. 미안한 마음에 연신 죄송하다고 하자 그저 곰살갑게 "조심하이소, 잡아갑니데이~"라는 말뿐이다. 그러고는 커피를 다시 타 주었다. 돈도 받지 않고. 참 오랜만에 마시는 커피는 차가워진 몸뿐 아니라 마음도 함께 데워 준다.

통영항에서 출발한 지 1시간 20분쯤 지났을 무렵, 배는 등대섬으로 유명한 소매물도에 먼저 다다른다. 배에 타고 있던 사람들은 대부분 소매물도에서 내린다. 그 모습을 보고 있는데 매점 아저씨가 와서 말을 건다. "안 내려요? 매물도? 아, 대매물도 가요? (아저씨를 비롯한 섬 주민들은 매물도를 대매물도라고 했다.) 그럼 소매물도 땅이라도 잠깐 밟아 보고 오소." 배에서 내려 소매물도에 발을 딛고 다시 배로 돌아오기까지 채 몇 분이 걸리지 않았지만 아저씨 덕분에 나는 계획에도 없던 소매물도를 공짜로 가 본 사람이 되었다.

다시 배에 타서 보니 아니나 다를까 선내는 거의 텅텅 비었다. 매점 아저씨에게 "사람들이 매물도는 안 가고 거의 소매물도만 가나 봐요."라고 물으니 "소매물도는 등대섬 말고는 볼 거 없어요. 그런데 오늘은 등대섬도 공사하니까, 소매물도 간 사람들은 다 헛빵

이야. 내한테 가라고 하면 대매물도 간다. 걷는 데는 대매물도가 좋아. 경치도 을마나 멋진데. 오늘은 비도 오니까 우비 하나씩 걸치고 걸으며 참 좋을끼라.”한다. 이야기를 나누는 사이 배는 어느 새 매물도 대항마을 항구에 닿는다.

비 오는데 잘 함 댕기봐라

매물도는 면적이 2km² 남짓인 작은 섬이다. 대항마을과 당금마을로 나뉘고 차도가 없어 두 마을에 모두 항구가 있다. 주민들은 바다를 접하고 난 고갯길을 따라서 두 마을을 오간다.

대항마을 항구에는 주민들이 배를 기다리고 있었다. 지난 번 백아도에서 본 것처럼 주인 없이 혼자 배를 타고 바다를 건넌 짐을 가지러 온 것이다. 대항마을에는 내리는 승객이 없는 탓에 승무원 아저씨들과 주민들이 일사분란하게 짐을 부리고, 배는 삽시간에 대항마을을 떠나 몇 분 후 종착지인 당금마을에 도착한다.

섬을 다닐 때마다 느끼는 거지만 야트막한 언덕의 경사를 따라서 원색 계열 지붕을 머리에 인 집들이 쪼로니 있는 풍경을 보면 마음이 참 편안해진다. 항구에서 당금마을을 올려다보는 지금도 그렇다. 어쩐지 안심이 된다고 할까, 이유는 알 수 없지만 말이다.

매물도는 2007년 문화체육관광부에서 ‘새로운 섬 문화 관광 명소’를 만들고자 선정한 4개 섬(매물도, 외연도, 청산도, 홍도) 중 하

나다. 이 프로젝트의 일환으로 매물도 곳곳에는 섬의 경관과 역사, 생활을 더 잘 이해할 수 있도록 만든 예술 작품이 설치되어 있다. 걷기에 좋은 섬으로 매물도를 택한 데는 아름다운 풍광과 찻길이 없다는 것 외에 이런 공공미술 작품을 볼 수 있다는 점도 한몫했다.

일단 당금마을을 둘러보고 등산로를 따라서 대항마을로 넘어가기로 하고 길을 나선다. 비가 부슬부슬 내리지만 흠뻑 젖을 정도는 아닌 데다 알록달록하고 아기자기한 마을과 바다와 하늘이 한달음에 달려오는 풍경 속을 걸을 생각을 하니 마음이 들떠 비는 전혀 신경 쓰이지 않는다.

골목길을 걷고 있는데 할머니 한 분이 담벼락 앞에 놓인 의자에 앉아 계시기에 "할머니, 마을이 참 예쁘고 걷기에 좋네요."라며 인사를 건넸다. 거기에 돌아오는 할머니 대답은 "어데, 비 오는 잘 함 댕기봐라. 좋은가~"이다. 할머니의 시크한 답변에 그만 박장대소하고 만다.

섬에서 읊는 목가

폐교를 지나 당금마을 전망대로 올라가는 언덕을 오르기 전에 몽돌해변을 바라보며 잠시 쉬는데 바다를 마주한 풀밭에서 한 할아버지가 염소 목에 맨 줄을 고정시키는 모습이 보인다. 그런데 저

할아버지 어쩐지 낯이 익다.

　어디서 봤을까, 어디서 봤을까 생각하다가 무릎을 탁 쳤다. 영화배우이자 감독인 클린트 이스트우드와 닮았다! 괜스레 반가운 마음에 할아버지에게 다가가 뭐하시냐고 물으니 그저 씩 웃으시면서 소와 염소를 가리키신다. 풀을 먹이려고 녀석들을 초지로 데려온 모양이다.

　클린트(?) 할아버지가 가슴이 탁 터질 듯 시원하게 펼쳐진 하늘과 바다를 배경으로 파릇파릇한 초지에서 소와 염소를 돌보는 모습을 보니 '목가적'이라는 표현이 저절로 떠오른다. 한참을, 아주 한참을 그 풍경 속에 머무른다. 빡빡한 도시의 일상 속에서는 쉬이 접할 수 없는 귀한 장면이라는 걸 잘 알기에.

다시 발길을 전망대 쪽으로 옮긴다. 바다와 하늘, 마을은 그곳에 그대로인데 한 걸음 한 걸음 내딛고 돌아볼 때마다 풍경은 달라 보인다. 그래서 시선은 자꾸만 더 멀리, 더 높은 곳으로만 향하는데 그때 눈길을 발아래로 끄는 녀석이 있다. 애기뿔소똥구리가 인기척에 놀랐는지 벌러덩 드러누워서는 죽은 척을 하는 것이 아닌

가! 조심스레 집어서 보니 마치 코뿔소처럼 난 뿔이 정말 귀엽다. 사진을 찍고 집으로 돌아가라고 내려놓았는데도 녀석은 또 한참을 죽은 척했다.

마음은 노을이 되어

언뜻 완만할 거라고 생각했던 등산로는 의외로 가파르다. 헉헉거리면서 멀리 내려다보이는 대항마을을 바라보다가 문득 '혹시 대항마을에서 당금마을로 돌아가는 길은 이것밖에 없는 거 아냐?'라는 불안이 엄습한다. 숙소가 당금마을에 있으니 만약 길이 하나라면 다시 이 산을 넘어야 한다는 말인데 생각하니 조금 아찔하다. 설상가상으로 멎었던 비도 다시 흩뿌린다.

대항마을로 들어서자 마침 근처 텃밭에 할머니 한 분이 계시기에 당금마을 가는 길을 물으니 마을 앞으로 난 전봇대 길을 따라가면 된단다. 어찌나 안심이 되는지. (나중에 보니 이 길은 당금마을과 대항마을을 잇는 고갯길이자 공공미술작품이 설치된 길이었다. 미리 챙겨 간 지도에 큼지막하니 적혀 있는데도 나는 그걸 몰랐다.) 대항마을은 당금마을보다 규모는 작지만 마치 숨은그림찾기처럼 마을 속에 스며든 깜찍한 오브제와 조형물이 많아서 둘러보는 재미는 더 쏠쏠하다.

대항마을과 당금마을 고갯길을 넘어가는 길, 잔뜩 흐렸던 하늘

이 말갛게 개더니 이내 바다 멀리에서부터 붉은 빛이 번진다. '쉬
어가는 곳' 바위에 앉아서 낮이 저무는 광경을 바라본다. 닿을 수
없이 먼 바다에서 피어난 노을은 서서히 다가오는가 싶더니 삽시
간에 마을까지 자몽 빛깔로 물들인다. 바다와 하늘과 마을이 따뜻
한 노을빛으로 뒤덮인 광경을 보고 있으니 오늘 처음 이 섬을 찾은
내 마음에도 노을이, 섬이 물든다.

| 머물수록, 매물도. 또 온네이~

이튿날, 당금마을 발전소 전망대에서 내려오는 길에 "비 오는데 어
디 함 잘 댕기봐라" 할머니를 다시 만났다. 할머니는 올해 여든 하
나시란다. 할아버지가 살아 계실 때는 낚싯배가 있어 고기를 잡고
사셨다지만 몇 년 전 할아버지가 투병생활을 하다 돌아가신 이후
로는 자식들에게 용돈을 받고 지내신다고.

매일 항구가 내려다보이는 구판장이나 집 앞에 앉아서 배가 드
나드는 것, 사람이 오가는 것을 일삼아 바라본다는 할머니는 내 카

메라를 보시더니 "사진 마이 찍어라. 여게 온 사람들 다 사진 찍고 그카더라."하신다. 할머니에게 사진 찍는 법을 가르쳐 드리고서 사진을 찍어 달라고 했더니 처음에는 영 어색하신지 겸연쩍어 하시다가 본인이 찍은 사진을 보여 드리자 아이처럼 좋아하신다.

할머니는 이런저런 이야기 끝에 "젊었을 때 돈도 마이 모으고, 좋은 데도 마이 댕기고, 좋은 것도 마이 묵고, 좋은 옷도 마이 입어라. 늙으면 하나 소용없다."는 말을 덧붙이신다. 그 말에 "할머니, 그렇게 살기 너무 어렵잖아요."했더니 "맞다, 그래도 젊을 때 다 해라."하신다.

배 시간이 다 되어서 그만 가 봐야겠다고 하자 할머니는 살아온 세월만큼 투박하지만 따뜻한 손으로 내 등을 두드린다. 그리고는 "그래, 가 봐. 그라고 내년에 또 온네이~"라며 손을 흔들어 주신다.

항구에서 배를 기다리며 섬을 다시 돌아본다. 분명 매물도는 너무 멀리 있는 낯선 섬이다. 그런데도 이 섬과 바다는 언제고 찾아와도 버선발로 뛰쳐나와 나를 반겨 주고, 어떤 때라도 할머니 품처럼 푸근하게 나를 안아 줄 것 같다. "머물수록 매물도", "하루를 살아도 매물도사람처럼"이라는 표현처럼 통영의 작은 섬 매물도에는 하루 이틀 머물고 가는 이방인의 마음마저 섬으로 물들이는 힘이 있다.

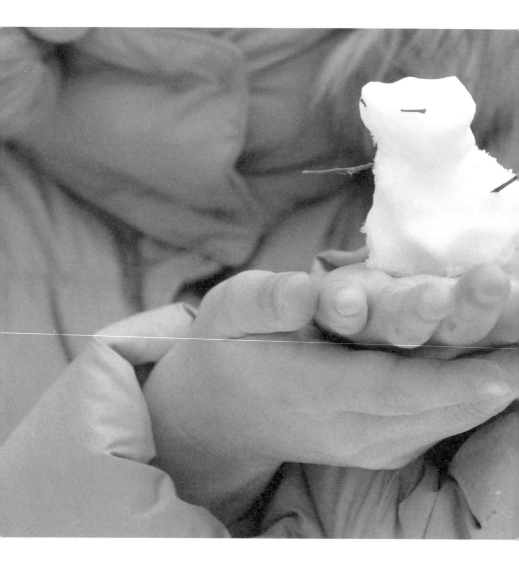

그대, 나의 위안이
되어 주오

한 해가 저문다는 것. 누군가에게는 인간이 정해 놓은 선긋기에 불과할 수
도 있겠지만 그 시간이 특별했던 이에게는 해(年)를 보내는 것이 쉽지 않
다. 연말연시 내내 시끄러운 마음을 갈무리하지 못한 채 어청도로 떠났다.
사춘기 소년 마냥 안정을 찾지 못하고 갈팡질팡하던 내 마음을 어청도는 맑
고 질박한 손길로 토닥토닥 어루만져 주었다.

가는 날이 장날이라고 어청도에 들어가는 날은 올 겨울 들어 가장
추운 날이라고 했다. 주변 사람들은 "섬은 뭍보다 더 추울 텐데"라
며 근심 어린 눈빛 반, "굳이 이런 날에 섬에 가야 하느냐"며 의아
해하는 눈빛 반으로 나를 봤다. 무한반복처럼 한파 소식을 전하는
뉴스 화면을 멍하니 바라보며 '그래도 가야겠다'고 나는 혼자 중얼
거렸다.

섬으로 떠나기 전 외연도에서 겨울 섬 한 번 겪어 본 것도 경험
이라고 이번에는 대비를 아주 철저히 했다. 먼저 추위. 내복 위에
옷 세 겹을 겹쳐 입은 것은 물론 배에 핫팩까지 붙였다. 이만하면
동장군도 져 주지 않을까. 다음은 추위보다 무서운 뱃멀미. 군산항
에서 어청도까지는 뱃길로 2시간 반이고 파도가 높아 출발 전날은
배가 뜨지 못했단다. 뱃멀미하기 딱 좋은 상황이다.

일단 아침밥을 든든히 먹고 멀미약을 마신다. 그리고 배를 많이
타 본 지인이 알려 준 대로 승선하자마자 방으로 된 선실을 찾아
자리를 깔고 눕는다. 여객선을 보면 좌석이 있는 선실과 온돌방처
럼 바닥에 앉거나 누울 수 있는 선실로 나뉘는데(배에 따라서 좌석
만 있는 경우도 있지만) 배에 익숙하지 않은 사람은 방에 누워서 가
는 것이 뱃멀미를 줄이는 최고의 방법이라기에.

배낭을 베개 삼고 다운코트를 이불 삼아 온돌방처럼 뜨끈뜨끈

한 선실바닥에 누우니까 추위니 뱃멀미니 하는 것은 생각할 겨를도 없이 스르르 눈이 감긴다. 높고 거칠게 이는 파도와 요동치는 선체는 꿈결처럼 여겨질 만큼 아주 단잠을 잤다. 안내방송 소리에 비몽사몽 눈을 뜨니 배는 어느새 어청도 항구에 들어와 있다.

어청도는 섬 전체가 'ㄷ'자처럼 생겨서 마치 산이 두 팔을 뻗어 항구를 폭 감싸는 것 같다. 그래서 파도가 험한 날에는 근처를 지나는 배들의 든든한 피난항이 된다. 사위를 빙 둘러보며 무심결에 숨을 크게 한번 내쉬는데 아! 코로 들어와 폐로 넘어가는 공기가 평소와 다르다. 참 맑고 개운하고 달다.

깊은 산골에 살던 어린 시절, 도시에서 온 손님들이 이따금 "공기가 달다"고 했었다. 그때는 그 말이 무슨 의미인지 몰랐다. 공기가 아이스크림도 아닌데 어떻게 달다는 것인지. 그런데 뭍에서 뱃길로 2시간 반이나 떨어진 섬에 서서 비로소 나는 그들의 말에 공감한다. 공기가 달다는 것은 뭘까, '기관지가 위안을 받는' 느낌이다. 어청도는 거친 파도를 피해야 하는 배뿐 아니라 미세먼지에 지친 여행자에게도 미쁜 존재로 다가온다.

새하얗게 동심이 내리다

어청도에 온 가장 큰 이유는 1912년에 만들어졌다는 어청도 등대가 보고 싶어서다. 등대는 항구 마을 반대편에 있어 고개를 몇 번 넘어야 한다. 고개가 아주 험하지는 않으니 가벼운 산행 정도로 여기며 나선 길목에서 생각지도 않게 겨울 풍경과 마주한다. (섬을 다닐 때마다 느끼지만 모퉁이, 골목을 꺾어질 때마다 풍경이 완연히 달라진다. 누군가 마법 가루를 뿌려 놓은 것처럼.)

온 산 가득, 온 길 가득 눈이 소복하다. 오솔길 위로 소담스레 쌓인 눈을 조심스레 밟으니 글자 그대로 "뽀드득" 소리가 난다. 주변이 워낙 고요하니 마치 온 섬을 울리는 것처럼 소리가 크게 들린다. 다시 조심스레 한 걸음 옮긴다. 뽀드득. 또 뽀드득. 그 소리와 눈길 위에서 발이 '푸욱'하고 꺼지는 감각이 내 안의 시곗바늘을 어린 시절로 되돌린다.

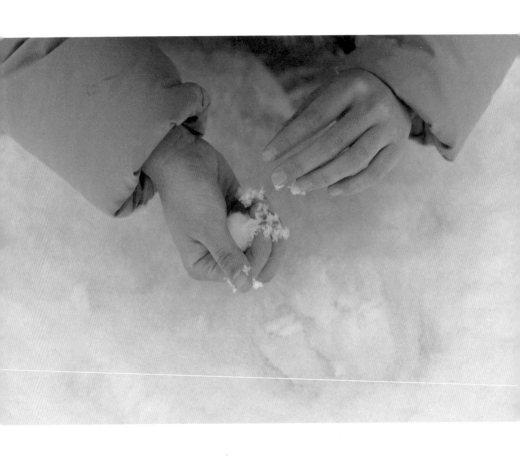

눈 쌓인 비탈길하면 곧바로 떠오르는 것이 있다. 바로 비료 포대! 이미 마음은 비료 포대를 타고 경사진 눈길을 몇 번이고 오르락내리락하는데 정작 포대는 눈에 띄지 않는다. 하긴 섬마을 고갯길에 뜬금없이 비료 포대가 있을 리 만무한데도 '포대 썰매'의 유혹을 쉽게 접을 수가 없다. 한참동안 매의 눈으로 주변을 둘러보지만 비료 포대는커녕 쓰레기 하나 보이지 않는다. 어청도 주민들의 투철한 환경미화정신(?)에 포대 썰매는 신나는 상상으로만 그친다.

대신 눈사람을 만들기로 한다. 햅쌀처럼 새하얀 눈을 동그랗게 굴릴 생각에 들떠 썰매를 타지 못한 아쉬움은 봄볕에 눈 녹듯 사라진다. 장갑을 벗어 코트 주머니에 넣고 부푼 마음으로 눈을 뭉치는데 아뿔싸! 손이 너무 시리다. 조막만 한 눈덩이를 마치 송편 빚듯 조물거리며 겨우 겨우 손바닥만 한 눈사람을 완성했다. 내 덩치만 한 눈사람을 만들겠다던 첫 포부에 비하면 초라하지만 고 자그마한 것을 바라보고 있자니 괜스레 뿌듯해지면서 웃음이 배시시 새어 나온다.

눈 쌓인 오솔길에는 앞서 이 길을 걸었을 어느 두 사람의 발자국이 선명하게 찍혀 있다. 오가는 이 없는 외진 산길에 찍힌 누군가의 발자국은 그 뒤를 따르는 나그네에게 방향과 위안이 된다. 꼬마 눈사람을 그 발자국 옆, 길가에 내려놓는다. 꼬마 눈사람도 이 길을 걷는 다음 사람에게 '당신은 혼자가 아니다'는 위안과 작은 웃음이 되기를 바라는 마음에서.

펭귄처럼 뒤뚱거리며 눈길을 1시간쯤 걸었을까. 저 멀리 눈 시리게 희푸른 서해를 배경으로 청미래덩굴 열매 같은 새빨간 지붕(등롱) 이 보인다. 등대다! 어청도 등대는 1912년, 일제가 대륙(중국) 진출 이라는 정략적 목적으로 축조한 것이다. 고도 61m에 세워진 높이 15.7m인 새하얀 등대는 그 불빛이 37km까지 나아간다고 하니 만 들어진 연유야 어찌 되었든 서해안을 지나는 배에게는 예나 지금 이나 믿음직한 길라잡이일 것이다.

연말 무렵, 도무지 차분해지지 않는 마음속 파도와 왁자지껄한 머릿속을 가만히 들여다보며 등대를 떠올렸다. 달도 별도 보이지 않는 컴컴한 밤, 하늘이고 바다고 모든 것이 뒤집어질 듯 폭풍우 휘몰아치는 날, 어디가 앞인지 뒤인지 가늠조차 하기 어려운 안개 자욱한 날에 은근하지만 강인한 빛줄기로 배의 방향이자 위안이 되어 주는 등대가 보고 싶었다. 그런 날은 바다에만 있는 것이 아 니니까.

최고 한파, 뱃멀미에도 개의치 않고 '그래도 가야겠다'며 찾아온 어청도 등대는 기대했던 것보다 훨씬 크게 여행자의 마음을 울린 다. 내가 서 있는 곳은 먼 바다도 아니었고 등대 불빛을 볼 수 있는 밤중도 아니었건만 등대를 마주하는 것만으로도 마음이 풀린다. 보이지 않는 손이 내 등을 토닥이며 괜찮다, 괜찮다고 말해 주는

것 같다. 쨍하고 깨질 듯 맑고 차가운 겨울날이고 전라도에서 가장 서쪽에 있는 외딴 섬이며 눈앞에는 망망대해뿐이다. 시끄럽고 복잡한 내 속을 달래 줄 만한 것은 하나도 없을 것 같은 이곳에 '등대'가 있다.

내 마음속에도 이런 등대 하나, 작아도 좋으니 새빨간 지붕 얹은 등대 하나 있으면 좋겠다. 좁디좁은 내 안에서 마음이 길을 잃고 헤맬 때 은은한 빛으로 방향을 일러 줄 그런 등대 하나 있으면 좋겠다.

섬, 이라는 위안

등대를 보고 다시 항구로 돌아오는 길. 갈 때는 포대 썰매니 눈사람이니 하며 눈에만 정신이 팔려 눈치 채지 못했는데 양팔 벌려 항구를 감싼 산이 조금 이상하다. 가만히 보니 산에 나무가 없다. 마치 산불이 난 것처럼 민둥산이다. 산 능선을 따라 난 길로 들어가 본다. 소복이 내린 눈에 가려져 몰랐는데 처참하다고 해도 좋을 만큼 죽은 나무가 많다. 선 채로 죽은 나무, 부러져 죽은 나무, 곳곳에 나뒹구는 나뭇가지들. 도대체 무슨 일이 있었던 것일까?

마침 산 아래 해안선을 따라 난 데크로드에서 산책을 하는 할머니가 계시기에 여쭤 보니 소나무 재선충병 흔적이란다. 소나무 재선충병은 재선충이라는 선충(線蟲) 때문에 소나무가 말라죽는 현

상을 말한다. 선충은 소나무 속을 갉아 먹는 솔수염하늘소 몸에 기생하다가 소나무에 침입한다. 이로 말미암아 고사하는 소나무가 늘자 2007년, 어청도 임야 182ha에 항공방제작업이 이루어졌다고 한다.

할머니는 다시 돌아올 수 없는 청춘을 떠올리기라도 하듯 애틋하게 까까머리 산을 바라보며 "솔이 참 좋았어요. 그런데 그냥 죽어 가는 거야. 아깝기도 하고. 푸른 솔도 저리 죽어 가는데 하물며 사람은 어떨까 싶어서. 늙은 사람 마음이 영 안 좋았지요."하신다.

모르긴 해도 아주 오랜 세월을 '거울처럼 물이 맑은 섬' 어청도와 함께했을 푸른 솔숲. 그런데 가느다란 실 같은 선충 하나에 그 긴 세월도, 푸른빛도 한순간에 사라졌다. 바싹 마른 소나무와 여기 저기 널린 방제 흔적을 바라보면서 어쩌면 내 마음속에도 선충이 있을지 모르겠다는 생각을 한다. 아주 조금씩, 천천히 나를 말려 가는 그 녀석 때문에 지난해를 보내고 새해를 맞는 내내 마음이 시 끄럽고 번잡한 것은 아니었을까.

혹여 그렇다면 다행이다. 선충이 나를 소나무처럼 말려 버리기 전에 어청도에 왔으니. 이곳의 맑고 달달한 공기는 나를 개운하고 촉촉하게 적셔 주었고 수묵화 같은 설경은 나를 잠시 꼬맹이로 만 들어 주었으며 긴긴 세월 바다를 비춰 온 등대는 나를 가만 가만 달래 주었으니 말이다.

바람이 분다

성마르게 봄이 보고 싶어 거제 내도로 달려갔다. 보드라운 봄바람을 기대했건만 정작 나를 반긴 것은 섬을 집어삼킬 듯 휘몰아치는 비바람이었다. 그러나 스스럼없고 친절한 섬사람들과 신비로운 숲 덕분에 세찬 비바람이 그리 매섭지는 않았다. 분명 봄을 느끼기에는 성급한 여정이었지만 짭짜래한 섬 바람이 불고 간 여행자의 가슴에는 환한 봄 하나가 움텄다.

이 을씨년스러운 날씨가 웬 말인가.

겨울 끝자락, 이제나 봄이 올까 저제나 봄이 보일까 기다리다 못해 아침 댓바람부터 남쪽으로 달려왔건만 어째 날이 서울보다 험하고 춥다. 옷깃을 자꾸 여미어 봐도 코트 속으로 파고드는 바닷바람을 막을 길이 없다. 예상했던 살랑거리는 봄바람 대신 말쌀스러운 칼바람과 마주하니 괜스레 주눅이 들어 구조라 항구를 거니는 발걸음에도 힘이 실리지 않는다.

횅한 구조라 항구에 덩그러니 놓인 내도 매표소 문을 주저하며 열자 빨간 불을 밝히며 컨테이너 건물을 데우는 난로가 가장 먼저 눈에 들어온다. 온통 잿빛 범벅인 구조라 항구 풍경에 얼었던 마음이 새빨간 불씨를 보니 조금 녹는 것 같다. 거기에 선장과 기관장 아저씨 두 분이 "어서 들어오이소~ 춥지예?"하며 살갑게 맞아 주니 여행자의 마음은 더 훈훈하게 데워진다.

내도로 들어가는 도선은 쪼끄마한 것이 꼭 고깃배 같다. 정원도 12명밖에 되지 않는다. 배가 참 귀엽다고 하자 기관장 아저씨는 도선 옆에 있는 조금 더 큰 배를 가리킨다. 2011년 명품마을로 선정된 이후 고즈넉한 섬마을 내도에 외부 사람들의 발길이 잦아졌다. 섬을 뒤덮은 동백나무의 꽃이 막바지에 이르는 3~4월과 여름 휴가철에는 많으면 하루 800명에 가까운 관광객이 찾는다고 한다. 작

은 도선 한 척으로는 그 많은 관광객을 수용하기 어려워 소위 성수
기에는 도선보다 큰 유람선을 운행한다는 것.

　하지만 아직 비수기이고 날씨도 궂을 대로 궂어서인지 배 손님
은 나 하나다. 고깃배만 한 도선에 채 10분도 되지 않는 항해지만
혼자서 배 한 척을 누리는 기분이 나쁘지만은 않다. 친절한 기관장
아저씨의 섬 안내까지 곁드니 호사스럽기까지 하다. 여전히 바람
은 태질할 기세로 불어 대지만 내도에 닿은 발걸음은 좀 전과 달리
달뜬다.

내도 선착장에 내려 주변을 두리번거리는데 아저씨 한 분이 내게로 와서 아는 체 한다. "어제 전화한 아가씨 맞제?" 예약해 둔 감나무민박집 아저씨다. "3시 배 타고 온다 캐놓고는 전화가 없어 가지고 기다렸다 아이가. 온다 만다 전화를 해 주야 방에 보일러를 틀어 놓든지 하제." 그러면서 내 배낭을 흘깃 보고는 "짐은 그게 다가?"하며 묻는다. 그렇다고 하자 "짐이 많으면 저 짝에 있는 모노레일에 실을라고 했제." 무뚝뚝한 말투에서 먼 길을 홀로 찾아온 여행자에 대한 걱정과 배려가 담뿍 배어난다.

아저씨를 따라서 마을 안길을 오른다. 가파르기는 하지만 한눈에 반할 만큼 예쁜 오솔길이다. 어디선가 순박하고 씩씩한 섬마을 소녀가 툭 튀어나와 환한 얼굴로 맞아 줄 것만 같다. 흐릿한 날에도 이렇게 고우니 맑은 날에는 오죽할까. 괜히 명품마을로 지정된 게 아니구나 싶다. 다만, 마을 안길을 덮은 나무 계단과 모노레일 길이 조금 거슬린다. 아저씨 이야기를 들으니 '명품마을'로 지정되면서 만들어진 것이란다.

"옛날에는 그냥 세멘(시멘트)길이었다. 여게 저게 돌길도 있고. 다니기는 그 길이 더 편했다. 이거는 미끄럽기만 미끄럽고." 모르긴 몰라도 공산품처럼 생긴 나무 계단보다는 옛길이 더 질박하니 주변 풍경과 잘 어울렸을 것 같다. 모노레일이야 주민들이 짐을 가

지고 오르락내리락할 때 유용하게 쓰일 수도 있겠지만. 내도가 명품마을로 선정된 것은 "사람의 손이 많이 닿지 않아 자연 그대로의 모습을 유지하고 있는 곳"이기 때문이라는데 그런 섬에 굳이 사람 손을 더한 이유는 또 뭔지.

마을 중턱에 있는 정자에서는 내도 앞바다와 구조라 항구가 한눈에 내다보인다. 참 전망 좋은 그곳에 주인아저씨 내외가 운영하는 감나무민박집이 있다. 집에 들어서니 고양이 대여섯 마리가 낯선 나를 보고는 후다닥 몸을 숨긴다. 아저씨는 내게 안채에 가서 몸 좀 녹이라고 하고는 곧장 여행자가 묵을 별채로 향한다. 서둘러

보일러를 켜 놓으려고.

부엌에서 고양이 먹이를 챙기던 감나무집 아주머니는 마치 알던 사람처럼 스스럼없이 나를 꾸짖는다. "아니, 온다고 했으면 전화를 해야 할 거 아이가. 날도 이런데 서울서 또 혼자 온다고 하제, 연락은 없제. 저 방은 냉골이라 불을 미리 틀어 놔야 따뜻할긴데." 그러고는 이내 "뭐, 커피 마실래? 커피 안 마시면 인삼차 있다. 따뜻하게 인삼차 마시라. 밥은 쪼매 기다리고. 그런데 우예 이런 데 혼자서 왔노? 참 겁도 없다."라며 살뜰히 여행자를 챙긴다. 생전처음 와 보는 섬이건만 고향집을 찾은 것처럼 마음 한 구석이 푸근해진다.

바람숲을 거닐다

비가 조금 멎은 것 같아 민박집을 나와 길을 나선다. 눈 닿는 골골샅샅이 동백이다. 내도에 온 이유는 동백이 보고 싶어서다. 동백은 겨울부터 이른 봄까지 꽃이 피는지라 동백을 보면 그나마 봄기운을 느낄 수 있지 않을까 하는 조급한 기대를 하면서 말이다. 물론 날씨 탓에 봄기운은커녕 겨울 기운만 느끼고 있지만 붉은 동백꽃을 보니 마음만큼은 화사해진다.

거센 바닷바람을 온몸으로 맞으면서 선착장과 몽돌해변을 지나 편백숲에 들어서니 거짓말처럼 바람이 잦아든다. 짐승처럼 포효하던 바람은 숲으로 들어오지 못하는 것이 아쉬운 듯 숲 바깥에서 웅웅거린다. 순간 어마어마한 숲의 정적이 나를 압도한다. 이런 걸두고 신이(神異)하다고 하는 걸까. 옛사람들이 나무나 숲을 왜 신성한 존재로 여겼는지 알 것 같다.

한참을 아무런 생각도 하지 않고 걷고 또 걷는다. 숲의 정적도, 숲 바깥에서 웅웅거리는 바람도, 보이지는 않지만 느껴지던 다른 생명의 움직임도 인식 범위에서 멀어지고 나는 그저 걷는 것에만 몰두한다. 그러고 보니 이렇게 혼자 걷는 것은 참 오랜만이다. 불과 몇 년 전만 해도 걷는 것이 일상이었는데. 아니, 그때는 걸은 게 아니었지. 길을 잃고 헤맸다는 표현이 더 적당하겠다.

내 20대는 오롯이 방황의 나날이었다. 어디로 가야 할지, 무엇을 해야 할지도 몰랐다. 매일매일 그 막연함의 무게에 짓눌렸고, 그 무게에서 벗어나고자 버둥거리면 거릴수록 나는 더 방향을 잃어 갔다. 당시 나는 세상과 마주해야 한다는 것이 겁났다. 세상과 마주한다는 것은 날 것의 나와 마주해야 한다는 것이니까. 무서웠다. 날 것의 내가 '아무 것도 아닌' 인간일까 봐. 피하고 싶어서 자꾸만 도망쳤다. 지난날 내 서성거림은 자신과 마주하는 시간을 유보하려는 행위였는지 모른다.

발길은 편백숲과 대나무숲, 세심전망대를 거쳐 붉은 동백꽃이 뚝뚝 진 동백숲길을 지난다. 그렇다면 지금은 어떤가. 더 이상 세상과 나 자신과 마주하는 것이 두렵지 않은가? 고개를 젓는다. 여

전히 잘 모르겠다. 세상을 어떻게 살아야 할지, 내가 잘 해낼 수 있을지. 생각이 거기까지 미치는데 바람이 아주 거세게 분다. 정신이 번쩍 들면서 이정표를 살펴보니 연인삼거리와 내도안내센터로 가는 갈림길에 서 있다. 그간 빽빽하던 나무들이 이곳에서는 성글게 자라 그 사이로 바닷바람이 신나게 드나드는 것. 휘청거리며 앞에 놓인 벤치에 앉는다.

바람은 내 머리채를 휘어잡고 온몸을 뒤흔들지만 생각보다 매섭지 않다. 또 한참을 소나무 사이로 보이는 바다를 건너다본다. 생각이 이어진다. 다만, 지금은 도망치고 싶지는 않다. 이러지도

저러지도 못하며 방황하던 그 시절을 거치며 체득한 것이 있다면 피한다고 해결되는 일은 없다는 것이므로.

시인 이병률은 『끌림』에서 "이를테면 열정은 강 하나를 사이에 두고 건넌 자와 건너지 않은 자로 비유되고 구분되는 것이 아니라, 강물에 몸을 던져 물살을 타고 먼 길을 떠난 자와 아직 채 강물에 발을 담그지 않은 자, 그 둘로 비유된다."고 말했다. 몸을 던진 강물이 나를 어디로 데려가 줄지는 아무도 모른다. 드넓은 바다에 가 닿을 수도 있고, 급류에 휩쓸려 목숨을 잃을 수도 있겠지. 그러나 현재 내가 두려운 것은 원하는 곳에 이르지 못할지도 모른다는 불안이 아니라 강물 앞에서 서성이기만 하다 아무 것도 시작하지 못하는 삶이다.

다시 바람이 분다. 이번에는 싸라기눈이 얼굴을 때리기까지 한다. 그만 숲을 나가야겠다.

울지 마라, 봄은 이내 올 것이니

민박집에 도착해서는 아주머니에게 또 곰살가운 꾸지람을 듣는다. "어데까지 갔었는데. 숲에 들어간다는 아가 암만 기다려도 오지는 않제, 비는 오제, 저녁 시간은 다 됐제. 아저씨도 걱정이 되는가 한참 서성댔다. 니도 참 겁도 없다. 나는 절대로 혼자서 숲에는 몬간다. 겁나서리. 자자, 얼른 밥부터 무라."

내도 주민들은 겨울이면 대부분 뭍에 나가 지낸다. 명품마을 유명세 덕에 민박집이나 펜션은 적지 않지만 겨울에는 운영하는 곳이 거의 없다. 감나무민박집도 마찬가지인데 "딸 같은 가시내"가 혼자서 서울에서 내려온다고 하니 마음이 쓰여서 방을 내준 것이다. 헌데 이 가시내는 그런 마음도 모른 채 온다 간다 말도 없이 불쑥 오질 않나, 한번 나가면 감감무소식이질 않나, 친절한 주인 내외 속만 썩인다.

솜씨 좋은 아주머니의 맛깔스러운 음식으로 헛헛한 배를 든든하게 채우고, 입담 좋은 아주머니의 맛깔스러운 이야기로 헛헛한 마음도 든든하게 채우고서야 별채로 걸음을 옮긴다. 아주머니가 들려 준 우유, 빵, 인삼차를 양손 가득 들고서. 방은 혼자 지내기에는 미안할 정도로 넓다. 큰 창이 두 개나 있어서 외풍이 들어 서늘할 법도 한데 훈훈하기까지 하다. "혹시나 방이 춥기라도 할까 봐 아저씨가 얼마나 들락날락했다고. 가 봐라, 따뜻할끼다."는 아주머니의 말과 함께 말수 적은 아저씨의 모습이 떠오른다. 뜨뜻한 방의 열기가 마음까지 전해진다.

이튿날은 좀 맑기를 기대했건만 여전히 흐리다. 하긴 밤새 건물이 날아가지는 않을까 걱정하며 잠을 뒤척일 정도로 바람이 불었으니 좋은 날을 기대한다는 것 자체가 어불성설일지도. 날이 더 궂어지기 전에 아침 첫 배로 나가려고 짐을 꾸려 안채로 가니 아주머니는 걱정스런 얼굴로 "바람이 이래 마이 부는데 배가 뜰란가 모르겠다."고 한다. 배가 뜨지 못한다고? 지금까지 커다란 여객선을 타고 3~4시간 들어가야 하는 먼 섬을 다니면서도 한 번도 섬에 발이 묶인 적이 없는데 설마 뭍에서 10분도 안 걸리는 섬에서 배가 못 뜰까.

그러나 옛말 그른 것 하나 없다고 설마가 정말 사람을 잡는다. 내도 도선터미널에 연락해 보니 밤새 내린 풍랑주의보가 아직 해제되지 않아 배가 못 뜬단다. 수화기 너머에서는 언제 해제될지는 모르니 일단 오후까지 기다려 보라는 말만 들려온다. 머릿속에는 예매해 놓은 버스표와 취소할 수 없는 다음 일정들이 줄줄이 떠오른다. 하지만 상대는 한낱 인간인 내가 어쩔 수 없는 바다 날씨다. 기다리는 것밖에는 방법이 없다. 어쩌면 섬살이의 가장 큰 어려움은 바로 이런 부분이 아닐까.

혹시 마을에 뭍으로 나가는 배는 없는지 하나마나 한 소리를 하는 내가 안쓰러운지 아주머니의 낯빛이 어둡다. 아저씨도 "사람이 있는데 배가 안 오면 우짜노."하며 걱정스러운 한마디를 툭 던진다. 한갓진 겨울 섬에 불쑥 찾아와서는 공연히 두 내외의 마음만 쓰게 하는 것이 미안해 화제를 아침 밥상으로 돌리며 싱겁게 웃어 본다. 발은 묶였지만 밥은 맛나다. 밥을 반 공기쯤 먹었을까. 휴대전화가 울려 받아 보니 도선 기관장 아저씨다. "지금 나올 수 있어요?" 그 말에 교인도 아니면서 할렐루야를 외칠 뻔 했다. 어찌된

영문인지는 잘 모르겠지만 일단 배가 내도로 들어온다고 하니 부리나케 짐을 챙긴다.

감나무집 마당에서 바다를 바라보니 작은 배 한 척이 바람을 가르며 항구로 달려오는 것이 보인다. 아주머니는 아저씨에게 "저거 좀 보이소. 저거 도선 맞지예?"라며 다급하게 확인한 뒤 여행자의 걸음을 재촉한다. "저거 맞단다. 얼른 가 봐라. 그래, 또 놀러 온나. 다음에는 혼자 오지 말고 친구나 애인 델꼬 온나."고 말하는 아주머니와 "길 미끄러우니까 조심해서 내려가라."는 아저씨의 얼굴에도 그제야 안도의 빛이 감돈다. 그 모습을 보고 내가 할 수 있는 말이라고는 고작 다음에 꼭 다시 오겠다는 다짐뿐이다.

거의 날다시피 하며 선착장으로 내려오니 도선도 부두에 닿는다. 역시나 손님은 나 하나. 어제 한 번 본 기관장 아저씨의 얼굴이 이렇게 반가울 수가 없다. 이 날씨에 어떻게 왔느냐는 질문에 아저씨는 "우리 딸도 서울 강남에 살아요."라며 푼푼한 웃음을 짓는다. 순간 울컥 하는 마음을 겨우 가라앉힌다. 서울서 왔다는 여행자를 보니 서울 사는 딸내미 생각이 났으리라. 어제 이야기를 들어 보니 오늘 서울로 올라가야 한다는데 배가 못 뜨면 서울 못 갈 텐데 하며 걱정이 되었을 테고. 그래서 풍랑주의보 내린 바다를 조심조심, 다급하게 건너온 것이겠지. 배 기관장이 아니라 딸의 아버지로서 말이다. 신중하게 배를 운전하는 자그마한 아저씨의 뒷모습이 참 커 보인다.

구조라 항구에 도착해서 연거푸 고맙다는 인사를 하자 아저씨가 잠깐 기다려 보란다. 어차피 풍랑주의보가 내려서 오늘은 더 이상 운항할 수 없으니 따뜻한 커피 한 잔 마시고서 터미널까지 데려다준다며. 마음이 먹먹해져서 더는 고맙다는 말도 못하고 마시지도 못하는 커피를 그저 넙죽 받는다.

아저씨 차를 타러 가는 길. 구조라의 하늘은 어제보다 더 우중충하지만 내 눈에는 어떤 봄날보다 환하다. 그리고 다시 휘익, 바람이 분다. 시인 폴 발레리가 노래한 것처럼 바람이 부니 나도 살아야겠다.

봄날의 자전거를
좋아하세요?

●

자전거를 타고 얼마 만에 그토록 신나게 달려 본 걸까. 고갯마루를 오를 때
는 숨이 턱까지 차고, 얼굴은 잘 구운 군고구마처럼 벌겋게 달아오르며, 급
경사를 내려갈 때는 온몸의 근육이 얼어붙는 것 같았다. 허나, 금방이라도
피어날 듯 물오른 섬 풍경과 인심 후한 햇살, 머리칼을 간질이는 남실바람
사이를 가르며 쌩쌩 달릴 때면 아주 짜릿하면서도 속이 뻥 뚫리는 것처럼
후련했다. 신도·시도·모도를 누비며 탄 자전거는 "신경 쓰지 마요, 그렇고
그런 얘기들. 골치 아픈 일은 내일로 미뤄 버려요."라고 노래하는 마법 양탄
자 같았고, 정답게 손잡은 세 섬은 일상을 환상으로 바꿔 주는 마법 세계 같
았다.

신도 선착장에 발을 내딛자마자 말 그대로 부서질 듯 쏟아지는 햇
빛이 눈부셔 눈을 질끈 감는다. 다시 실눈을 뜨고 바로 앞으로 내
다보이는 신도를 바라본다. 썰물 때라 선착장 부근은 온통 진흙 빛
이건만 섬 전체가 싱싱하게 느껴지는 걸 보면 겨우내 몸을 웅크렸
다 박차고 오르는 푸릇푸릇한 생명의 물결은 갯벌로도 막을 수 없
는 모양이다.

숨을 크게 한번 들이쉰다. 코로 들어온 공기가 기도를 지나 폐
로 가서 사르르 퍼진다. 마치 봄꽃 피듯 그렇게. 몸 한가득 봄을 채

웠으니 이제 나서 볼까 싶다가 멈칫, 한다. 아! 너무 일찍부터 서둘
렀나 보다. 배가 무지 고프다.

선착장 옆에 있는 포장마차에서 '오뎅'과 컵라면을 게 눈 감추듯
먹는다. 날이 춥지는 않지만 역시 바닷바람은 바닷바람인지라 뜨
끈뜨끈한 국물이 술술 넘어간다. 봄으로 채웠던 내 몸속에는 이제
오뎅과 라면이 가득하다. 포장마차 옆(선착장 주차장 쪽)으로 무인
자전거 대여소가 눈에 띈다. 시간당 2,000원이다. 비싼 가격은 아
니지만 자전거 모양이 약간 마음에 들지 않아 마을 쪽으로 걸음을
옮긴다. 조금 전, 포장마차 아주머니에게서 마을 어귀에 있는 슈퍼
에서도 자전거를 대여한다는 말을 들었던 터다.

20~30m 걸었을까. 부동산 건물 앞에 반짝반짝한 자전거가 즐
비하고 아저씨 한 분이 수리를 하고 있다. 물어보니 대여하는 것이
란다. 시간에 관계없이 한 번 빌리는 데 만 원이다. 자전거가 제대
로 나가는지 보려고 부동산 주변을 빙그르르 돌아본 뒤 페달을 굴
린다. 오랜만에 타는 거라 어색할 줄 알았는데 생각보다 훨씬 편안
하다.

제법 신이 나 속도를 내려던 찰나 채 50m도 떨어지지 않은 지점
에 아까 포장마차 아주머니가 이야기한 슈퍼가 보인다. 슈퍼 입구
에는 '자전거 하루 대여 5,000원'이라는 현수막이 당당한 풍채를 뽐
내기라도 하듯 바람에 펄럭인다. 순간 오른쪽 브레이크를 꽉 잡고
만다. 언뜻 자전거 상태를 보니 내가 빌린 것이 월등히 나아 보이

기에 애써 마음을 진정하고 다시 길을 나서지만 어쩐지 아까보다
는 페달을 밟는 힘이 약해진 것 같기도 하다.

그래도 이내 기분이 산뜻해진다. 마을 안쪽으로 들어갈수록 너
른 차도는 조붓한 골목길로 변하고 광활한 갯벌과 논밭은 서서히
멀어지고 색깔 모자를 쓰고 어슷비슷하게 앉은 집들이 가까워진
다. 따사로운 햇살 아래 섬마을은 기분 좋게 노곤해 보인다. 자전
거에서 내려 어슬렁어슬렁 마을을 돌아본다. 무채색 담장에 핀 개

나리가 여행자의 마음까지 샛노랗게 물들인다. 그 옆에 자그마한
닭장이 있기에 들여다보니 암탉이 알을 품고 있다.

그때 뒤에서 누군가가 알은 체 하며 말을 건다. 뒤돌아보니 한
중년 아저씨가 어깨띠를 두르고 사람 좋은(듯한) 웃음을 짓고 서 있
다. 6월 지방선거를 앞두고 주민들에게 눈도장을 찍으려고 마을을
도는 군수 후보자인 모양이다. "여행 오셨어요? 어쨌든 우리 섬을
찾아 주셔서 감사드립니다. 허허허." 그리고 그는 다시 인심이 넉
넉한(듯한) 표정을 짓고는 걸음을 바삐 옮긴다. 알을 품던 암탉은
낯선 목소리가 신경에 거슬렸는지 아니면 4년마다 반복되는 억지

미소가 눈엣가시였는지 잔뜩 경계의 눈초리를 치킨다.

신도 분교에서 다시 큰길로 나와 시도 쪽으로 방향을 잡는데 이번에는 뒤에서 "슉슉슉"하는 소리가 들린다. 놀라 뒤를 돌아봤더니 봄꽃보다 화려한 복장을 한 라이딩족 무리가 무서운 속도로 스쳐간다. 자전거 타는 것을 좋아하는 사람들인 라이딩족에게 신도·시도·모도는 유명한 라이딩 코스라고 하더니 그 말이 소문이 아니었나 보다.

순풍에 그대 돛을 달 때까지

줄 지어 지나가는 라이딩족을 먼저 보내고서 다시 페달을 밟는다. 신도·시도 연도교로 향하는 고갯마루에 서니 꽤 가파른 내리막길이 레드 카펫처럼 펼쳐진다. 이 길을 내려갈 수 있을까? 순간 망설였지만 크게 한번 페달을 구른 뒤 페달에서 발을 뗀다. 자전거는 마치 생물처럼 위에 앉은 나 같은 것은 신경 쓰지 않는다는 듯 아주 빠르게, 그리고 자유롭게 비탈길을 달려 내려간다. 언덕을 따라 죽 늘어선, 아직 꽃피지 않은 벚나무들도 나와 자전거와 함께 아래로, 아래로 내달린다.

아! 이 바람, 이 속도, 이 풍경. 어쩜 이렇게 상쾌하고 즐겁고 후련할까. 그냥 이대로 세상 끝까지 달려갈 것 같은 기분이다. 문득 지금 이 순간을 즐기라는 라틴어 카르페 디엠(carpe diem)이 떠오른

다. 그게 말이야 쉽지 실제 그리 살기란 어렵다고만 생각했는데 바로 지금이 내게는 카르페 디엠이다. 비탈에 늘어선 벚나무에 꽃이 폈다면 풍경은 더욱 장관이었을지 모른다. 그러나 벚꽃 생각은 일절 떠오르지 않는다. 벚꽃이 피었으면 좋았을 텐데 하는 바람도 생기지 않는다. 그저 지금 이 순간이 날아갈 듯 좋다.

어쩌면 인생도 마찬가지일지 모르겠다. 왜 아직 내 인생에는 벚꽃이 피지 않았느냐며 툴툴대거나 벚꽃이 피었으면 훨씬 좋았을 거라며 아쉬워만 말고 매 순간을 소중히 받아들였더라면 분명 그 안에서 지금처럼 달고 짜릿한 카르페 디엠을 느낄 수 있었을 텐데. 나는 무엇이 그리도 성급하고 만족스럽지 못했을까. 섬을 떠나 다시 일상으로 돌아가면 건망증 심한 나는 이 단순한 진리를 또 까먹을지 모르지만 그래도 지금은 이대로 카르페 디엠이다!

고갯길을 내려오니 드넓은 들판처럼 갯벌이 펼쳐진다. "달, 태양 따위의 인력에 의해 해면이 주기적으로 높아졌다 낮아졌다 하는 현상"으로 바닷물이 드나들면서 갯벌이 드러난다는 것은 머리로는 이해되지만 사실 심정적으로는 잘 납득이 가지 않는다. 정말 밀물 때면 이 진흙땅은 다시 바다가 되는 것일까?

멀리 갯벌 위에 덩그러니 놓인 배 한 척이 보인다. 바다 위에 떠 있는 배라면 그 모습이 자연스러워 특별히 눈여겨보지는 않았겠지만 바닷물이 빠져나간 갯벌 위의 배는 어쩐지 쓸쓸해 보여 자꾸만 눈길이 간다. 마치 길 잃은 나그네 같다. 만약 저 배가 나처럼 조석

현상을 심정적으로 이해하지 못하거나 밀물과 썰물을 경험하지 못한 어린 배라면 지금 심정이 어떨까? 혹시 이제는 어디로 가야 하나 고민하고 있지는 않을까, 아니면 쓸모없어졌다며 절망하고 있는 건 아닐까?

살다 보면 길을 찾지 못하고 방황할 때, 스스로가 하찮게 여겨질 때, 세상이 무너진 듯 절망할 때가 있다. 그럴 때는 영원히 바닷물이 밀려오지 않을 것만 같다. 그래서 더는 항해하지 못하거나 평생 한 번도 바다를 경험하지 못할 것만 같은 두려움에 휩싸인다. 하지만 이 우둔한 여행자는 이해하지 못하지만 밀려갔던 바닷물은 다시 밀려오게 마련이다. 자연의 이치가 그러니까. 거기에 인간의

이해 같은 것은 필요하지 않다.

　인생(人生)이라지만 도무지 알 수가 없는 우리네 삶 또한 그렇지 않을까. 물론 바닷물은 내가 원하는 시간에 딱 맞춰 차오르지는 않지만 지구가 태양계를 벗어나지 않는 이상 밀려나간 바닷물은 반드시 다시 차오르게 마련이다. 그러니 인생이 바닥 치거나 막다른 골목에 막혀 더는 나아갈 수 없을 때 좌절하기보다는 조금만 인내심을 갖고 기다려 보자. 포기하지 않고 묵묵히 기다린다면 언젠가는 생의 밀물 때가 올 것이고 멋지게 바다 위를 항해할 수 있을 테니.

| '용기'라는 페달을 밟고 달리는 꽃길

신도 선착장에서 출발해 신도와 시도를 잇고 시도와 모도를 잇는 연도교를 지나 모도의 끝자락이라고 할 만한 배미꾸미해변까지 오는 데 약 4시간이 걸렸다. 물론 중간 중간 갯벌에 들러 게도 관찰하고 염전도 구경하고 슈퍼에 앉아 목도 축이고 시도 운동장에서 축구 경기를 보기도 했지만. 여하튼 4시간이면 짧지 않은 시간인지라 다시 신도 선착장으로 돌아갈 생각을 하니 약간 막막하다. 체력도 많이 소진했는데 또 달릴 수 있을까?

　그런데 웬걸, 자전거에 올라타니 다시 기운이 난다. 내 몸이 바람의 감촉, 속도가 주는 희열, 섬 풍경에서 전해지는 파릇파릇한

생명감을 기억하나 보다. 게다가 처음에는 아주 가파르고 길게만 느껴졌던 경사 또한 생각보다 야트막하고 짧다. 내친 김에 아무 데도 들르지 않고 선착장까지 내달렸더니 채 1시간이 걸리지 않았다.

괜스레 뿌듯하다. 한 2년 만에 타는 자전거인데 생각보다 잘 타는 것 같아서. 아, 그렇다고 두 손을 놓고 자전거를 탈 수 있는 정도는 아니다. 약간 유치하지만 어렸을 때부터 지금까지 내게 자전거를 잘 탄다는 기준은 무조건 두 손을 놓고 탈 수 있느냐 없느냐이다. 그래도 여전히 2초 정도는 두 손을 놓을 수 있고 오르막길도 꽤 잘 오르는 편이다(그렇다. 어이없게도 이건 자랑이다). 자전거를 처음 탔던 때를 떠올리면 이건 어마어마한 일이다.

아홉 살 때, 나보다 세 살 위인 언니가 두발자전거 타는 것이 그렇게 부러웠다. 그때까지만 해도 나는 뒷바퀴에 보조바퀴가 달린 네발자전거를 탔으니까. 그래서 언니에게 두발자전거 타는 방법을 가르쳐 달라고 했다. 그 또래 언니들이 대부분 그렇듯 우리 언니 역시 달라붙는 동생을 매우 귀찮아하며 대충 대충 알려 주고는 제 친구들과 놀러 나갔다. 당연히 나는 자전거에 제대로 올라타지도 못한 채 넘어지기만 했다.

망연자실한 채 길바닥에 자전거와 함께 널브러진 나를 발견한 윗집 오빠가 영문을 물었다. 두발자전거를 타지 못하는 속상함과 혼자 놀러간 언니에 대한 서운함이 뒤섞여 나는 자매랄 것 없이 신랄하게 언니의 만행(!)을 고자질했다. 그러자 친절한 윗집 오빠는 자기가 가르쳐 주겠다며 나섰다(그때 내심 언니 말고 윗집 오빠가 우리 오빠였으면 하고 얼마나 바랐던지).

그러나 윗집 오빠의 친절한 가르침에도 나는 여전히 중심을 잡지 못하고 넘어졌다. 얼마나 넘어지고 쓰러졌을까. 해가 서산으로 뉘엿뉘엿 넘어갈 무렵이 되어서야 나는 오빠에게 "오빠야, 놓지 마라!"를 연거푸 외치면서 드디어 혼자 두발자전거를 탔다. 꼬박 반나절은 걸린 대장정의 끝이 보인 것이다. 윗집 오빠도, 서산으로 기울던 해도 완전히 제 집으로 돌아간 뒤에도 나는 한참동안 자전거를 탔다. 얼마나 기쁘고 신나던지! 당시 기분은 지금도 생생하다.

그렇다고 이후 내 자전거 역사가 순탄했던 것만은 아니다. 자전거를 타고 가다 다리 위에서 떨어진 적도 있고, 내리막길을 신나게 타고 내려오다가 무심결에 발을 앞바퀴에 집어넣는 바람에 그대로 고꾸라진 적도 있다. 온몸에 상처가 가실 날이 없었다. 20여 년이 지난 지금도 내 무릎은 '영광의 상처'로 가득하다. 신도·시도·모도 세 섬을 한 번도 넘어지지 않고 신나게 달릴 수 있었던 것은 바로 그 상처 가득한 경험 덕분이겠지. 만약 아홉 살 때, 언니가 제대로 가르쳐 주지 않는다고 해서, 계속 넘어진다고 해서, 매일 상처투성이라고 해서 자전거 타는 것을 포기했다면 나는 이 짜릿하고 가뜬한 질주를 경험하지 못했을 것이다.

혹시 지금 그대는 넘어질까, 상처 입을까 두려워 자전거 앞에서 머뭇거리고만 있지 않나. 낯설고 두렵겠지만 조금만 용기를 내 페달을 밟아 보라. 넘어지면 아플 테고 상처도 입겠지만 그 경험은 분명 그대에게 전혀 다른 세계를 보여 줄 것이다. 그리고 마침 꽃 피고 실바람 부는 봄이지 않은가!

풍경에 홀리고
사람에 홀리고

사람도 풍경이다. 추자도를 여행하는 내내 나는 이 말을 떠올리며 혼자 고
개를 주억였다. 바라보는 것만으로도 흐무진 추자도의 미관 너머에는 그에
못지않게 사랑스러운 사람들이 있었기 때문이다. 덕분에 '사람'이라는 마음
속 풍경을 잃고 휘우듬하던 여행자에게도 다시 그 풍경 속으로 걸어갈 용기
가 생겼다. 에메랄드빛으로 반짝이는 초여름 섬에서는 그렇게 풍경도, 사람
도 모두 황홀했다.

'사람'을 잃었다. 오랫동안 함께했던 누군가를 잃는다는 것은 생각보다 훨씬 처참했다. 몸에 붙어 있는 것이 당연한 육체의 일부가 한순간에 뚝 하고 떨어진다면 이런 기분일까 하는 생각이 들 만큼. 단 며칠이라도 좋으니 어딘가로 떠나고 싶었다. 그러나 이곳저곳을 떠올리다 다시금 참혹해졌다. 생각보다 잃어버린 그 사람과 함께 밟은 땅이 많았다.

그렇다고 옛 기억을 곱씹으며 호졸근하게 여행할 수는 없는 노릇이다. 급기야 지도를 펼쳐 한곳 한곳을 더듬어 살폈다. 현실이 허락하는 한 먼 곳, 생선가시가 목에 걸리는 것처럼 기억이 가슴에 박히지 않을 낯선 곳이어야 한다. 좀비처럼 지도를 훑던 내 손끝이 멈춘 곳은 전라의 기억을 품고 제주의 바다에 있는 섬, 추자도였다.

칠월 초의 평일 아침. 휴가철이라기에는 이르지만 제주여객터미널에는 추자도행 페리를 기다리는 이가 꽤 많다. 듣기에는 바다낚시로 굉장히 유명한 곳이라는데 행색을 보니 일반 관광객이 대부분인 것 같다. 제주도는 살갗이 따끔해질 만큼 햇볕이 강했지만 쾌속선을 타고 1시간 10분여를 달려 도착한 추자도는 약간 흐리면서 선선하다. 무엇보다 바람이 아주 시원스럽게 분다. 다행이다.

어디로 가 볼까 망설이다 일단 추자군도에서 면적이 가장 넓은 하추자도로 방향을 잡는다. 추자항이 있는 상추자도와 하추자도를

잇는 추자교를 건너 예초리 쪽으로 난 오지박길을 따라 오르다 엄바위장승이 있는 언덕길에서 걸음을 멈춘다. 아니, 갑작스럽게 툭 하고 튀어나온 예초리 포구 풍경이 걸음을 멈추게 했다는 표현이 더 어울리겠다.

주황, 노랑, 파랑, 초록 지붕을 이고 사이좋게 자리 잡은 집들과 그 너머로 줄줄이 떠 있는 작은 섬들(납덕이, 상섬, 큰덜섬, 작은덜섬, 보름섬)이라니. 조카 연후가 덧니를 보이며 웃을 때만큼이나 사랑스러운 그 풍경을 가만히 바라보고 있자니 먹먹한 가슴 사이로 명지바람이 부는 것 같다. 덕분에 조금, 숨 쉬기가 편해졌다.

한참을 그렇게 머물러 있다 신양리를 지나 석두리길로 들어서

는데 이번에는 마치 연극에서 한 막이 끝나고 전혀 다른 장면이 시작되는 것처럼 느닷없이 에메랄드빛 바다가 펼쳐진다. 순간 탄성이 터져 나오는 것은 어쩔 수 없다. 왜냐하면 나는 한 동요의 노랫말과 달리 우리나라에서 '초록빛 바닷물'을 본 적이 없기 때문이다.

내가 처음으로 에메랄드빛 바다를 본 것은 오키나와에 속한 작은 섬 미야코지마에서였다. 싸락눈처럼 쏟아지는 햇빛 아래로 넘실대는 것은 노랫말 그대로 '초록빛 바닷물'이었다. 속이 훤히 들여다보이는 연둣빛 바다는 아무리 봐도 질리지 않았다. 그 이후 에메랄드빛 바다는 내게 줄곧 이국 풍경으로만 각인되었는데 그 바다가 바로 눈앞에 펼쳐졌으니 놀랄 수밖에.

예상치 못하게 연이어 펼쳐지는 명미한 경치에 나는 넋 나간 사람처럼 히득히득 웃는다. 이 풍경 어디에도 그 사람은 없는데 자꾸만 풍경에 눈길이 간다. 그늘을 찾아 들어간 석두청산 쉼터에 드러누우니 바닷바람이 후련하게 얼굴을 스친다.

꾸밈없는 유쾌함은 슬픔을 잠식한다

상추자도로 건너와 봉골레산 정상에 오르니 와! 하고 탄성이 먼저 터진다. C자 모양과 비슷한 포구를 따라 자리 잡은 마을(대서리와 영흥리)이 마치 장난감 도시처럼 보인다. 정상에서 왼쪽을 바라보면 대서리 후포 작지(해변)와 상추자도 끝자락인 다무래미가 보인

다. 그리고 상추자도 너머로 하추자도가 징검다리처럼 줄지어 늘어선다. 그 풍경 위로 구름이 뛰듯이 달려간다.

마치 소인국의 걸리버가 된 것처럼 발아래 상추자도와 바다를 두고, 눈길로 바쁜 구름을 좇는다. 구름이 바람에 흩어졌다 모였다 하는 것처럼 그 사람과 함께했던 기억과 시간도 점멸한다. 어떻게 나는 그 사람을 잃어버릴 수 있었을까. 늘 곁에 있는 것이 당연했던 그 사람을.

사랑을 넘어 일상이 되었기 때문인지도 모른다. 그 사람과 나는 어느샌가 서로에게 상처를 주는 데도, 스스로 상처를 입는 데도 익

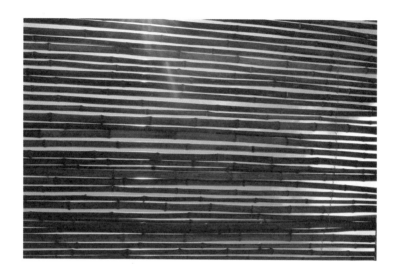

숙해져 있었다. 지난한 일상 속에서 우리는 여전히 그것이 사랑이라는 착각에 빠진 채 마치 좀먹듯이 서서히 이별하고 있었다. 서글프게도 나를 그토록 처참하게 한 것은 '사랑하는 사람을 잃었다는 것'이 아니다. 한때는 세상 모든 것을 버려도 좋을 만큼 영롱했던 그 감정이 현실의 무게, 혹은 세월의 흐름에 못 이겨 빛바랬다는 사실이다.

봉골레산에서 터덜터덜 내려오는데 본인 키의 두 배는 될 것 같은 긴 낚싯대를 든 할아버지가 눈에 띈다. 어쩐지 그 모습이 멋져 보여 사진에 담으려고 카메라를 꺼내니 이 할아버지, 너무도 자연스럽게 훌륭한 포즈를 취해 주신다. 그러고는 껄껄 웃으신다.

뒤돌아서 성큼성큼 걸어가는 할아버지 뒷모습을 바라보다 입술 새로 배시시 웃음이 흘러나온다. 장마철 마당에 널어놓은 빨래 같던 마음도 보송보송 마르는 것 같다. 온 우주까지는 아니더라도 이 섬이, 어깨 축 처진 여행자를 다독여 준다는 느낌이 든다. 덕분에 대서리 후포 작지로 향하는 발걸음에 조금씩 경쾌함이 묻어난다.

추자도에는 '작지'라는 말이 붙은 해변이 참 많다. 대표적인 곳은 하추자도 신양리에 있는 모진이 작지다. 작지란 제주도 사투리로 자갈을 뜻한다. 그러니까 추자도 해변은 흔히들 떠올리는 모래사장이 아니라 몽돌로 가득한 자갈밭이다. 모래처럼 보드랍지는 않지만 동글동글한 몽돌을 밟으며 해변을 걷거나 물놀이하는 것도 꽤 새롭다.

대서리 후포 작지도 그런 곳 중 하나다. 그리 넓지는 않지만 아늑한 느낌을 주는 해변이다. 봉골레산 정상에서 내려다봤을 때보다 직접 와서 보니 물이 훨씬 더 맑다. 그냥 몽돌밭에 서서만 봐도 물속이 훤히 들여다보일 정도다. '스노클링 하기에 딱이겠다'라고 생각하는데 뒤쪽에서 장정 여럿이 우르르 바닷가로 뛰어든다. 추자도 해군들이다. 해군이라는 이름표를 달기는 했지만 여전히 애티가 흐른다. 물안경, 숨대롱을 가지고 스노클링하는 모습이 영락없는 섬마을 소년들이다.

몽글몽글한 작지에 앉아 그들이 노는 양을 바라보다 슬그머니

오른쪽 발을 바다에 담근다. 칠월 초의 바다는 처음에는 차갑게 나를 밀어내는 듯하다 이내 보드레한 손길로 왼쪽 발까지 끌어당긴다. 눈을 감고서 보드랍고 따사로운 그 손길에 온몸을 맡긴다. 아직은 수줍은 초여름 햇살, 수다 떨듯 귓전을 간질이는 파도, 그 안에서 퍼지는 청년들의 새파란 웃음소리 그리고 점점이 멀어지는 아름답고 슬픈 기억들……

눈에 담고 마음에 담아도 모자를

이튿날, 신양리 이곳저곳을 둘러보다 목이 타 음료수라도 사 마시려는데 좀체 가게가 눈에 띄지 않는다. 그러다 따로 간판은 없고 그저 노란 문에 검은 글씨로 아주 크게 '팥빙수', '얼음'이라고만 적힌 가게 하나가 눈에 들어온다. 글씨만 봐도 시원할 것 같은 그 가게로 거의 이끌리듯 들어간다.

막상 가게에 들어서니 사람은 없고 한쪽 벽면에 '팥빙수 오천 원', '컵라면 이천 원', '시원한 맥주 이천 원'이라고 적힌 종이가 무심하게 붙어 있을 뿐이다. 잠시 뒤 인기척을 느꼈는지 가게 안채에서 할아버지 한 분이 나오신다. 빼꼼 열린 문 사이로 안채 마루에 앉아 통화하시는 할머니도 보인다. 노부부가 운영하는 가게인가 보다.

할아버지에게 팥빙수 한 그릇만 달라고 하니 안절부절 못하시며

잠시만 기다리라고 하신다. 할아버지는 팥빙수를 만들 줄 모르시는지 통화 중인 할머니에게 "뭐하노, 손님 기다리신다 아이가. 전화 빨리 끊어라!"하신다. 잠시 후 전화를 끊고 나온 할머니도 기다리게 한 것이 미안하셨는지 "급한 일로 전화한긴데 우째 이쪽 사정만 생각해서 끊으라 하노. 그렇지요?"라며 급히 팥빙수를 만드신다. 순박하게 아옹다옹하는 노부부의 모습에 빙그레 웃음이 난다.

팥빙수를 다 먹고 가게를 나서려니 할머니와 할아버지가 문 앞까지 따라 나와 배웅을 해 주신다. 강한 햇볕 아래 모자나 선글라스도 없이 다니는 모습이 안쓰러웠는지 "아이고, 모자라도 쓰고 다니지."하시며 걱정스러운 표정을 지으신다. 그 마음이 어찌나 감사하고, 사랑스러운지.

팥빙수 한 그릇의 시원함, 노부부의 다정함을 벗 삼아 돈대산으로 오른다. 추자도를 떠나기 전 섬에서 가장 높다는 산에서 추자도 전체를 내려다보고 싶었다. 등산로는 가파르거나 험하지 않아 걷기에 딱 좋다. 올레길로 지정될 만하다 싶다. 돈대산 정상으로 가는 길에도 어김없이 붕붕 소리를 내며 이곳저곳으로 날아다니는 녀석들이 보인다. 풍이다. 꽃무지과 곤충인 풍이는 딱지날개를 벌리지 않고 옆에 있는 틈 사이로 속날개를 내밀며 난다. 처음에는 녀석들이 내는 이 날갯짓 소리에 벌인 줄 알고 깜짝깜짝 놀랐다. 하지만 추자도를 다니는 내내 마주치다 보니 이제는 붕붕거리는 소리가 들리지 않으면 서운할 정도다.

풍이 날갯짓 소리를 배경음악 삼아 걷다 보니 돈대산 정상도 금방이다. 바람 한 점 없이 쨍쨍하기만 한 날, 모자나 선글라스처럼 볕을 가릴 만한 것은 아무 것도 없이 올라온 산길이다. 덥고 지칠 만도 한데 눈앞에 펼쳐지는 풍경은 그마저도 잊게 한다.

좀비처럼 도망칠 곳을 찾던 시간이 떠오른다. 그 사람을 잃고 울던 어둑새벽이 떠오른다. 우리가 사랑에 빠졌던 그 저녁이 떠오른다. 그리고 더 이상 그 사람과 함께이지 않은 지금을 생각한다. 참혹한 기분이 완전히 나아졌다고 하면 거짓말일 것이다. 하지만 추자도에서 보낸 꽉 찬 이틀 동안 내 가슴에 생선가시처럼 박힌 기억이 서글프지만은 않았다. 게다가 참 오랜만에 제법 웃기도 했다.

"섬, 바다, 사람이 동화되어 살아가는 아름다운 생명의 섬" 제주시가 정한 추자도 홍보 문구다. 섬을 둘러보고 나니 정말 문구 하나 잘 뽑았다 싶다. 자연과 사람이 함께 아름다울 수 있다는 것을 온 풍경으로 보여 준 섬, 추자도가 고맙다.

추자도에서 출발해 제주도로 가는 여객선에서 팥빙수 집 할머니와 할아버지를 다시 만났다. 부산에 있는 친척이 상을 당해 장례식에 가시는 길이라고. 이야기를 들어 보니 내가 팥빙수를 먹으러 갔을 때 할머니는 마침 그 전화를 받으셨던 것. 할머니는 "줄 게 이런 것밖에 없다."며 주섬주섬 음료수와 사탕을 챙겨 주신다. 이런, 추자도는 헤어지는 순간까지도 감동이다.

언제고 다시 돌아갈 어딘가, 그대에게는 있습니까?

섬을 자주 찾는 내게 사람들은 종종 어느 섬이 가장 좋았느냐고 묻는다. '좋다'의 기준이 무엇이냐에 답은 달라질 수 있겠지만 경관 자체를 기준으로 한다면 나는 대청도를 으뜸으로 꼽을 것이다. 자연 경관이 수려하기 때문만은 아니다. 그 풍경 속에는 여행자를 포근히 품어 주는 노스탤지어의 정서가 가득했기 때문이다.

대청도 선진포 선착장에 내린 나를 맞이하는 것은 호젓한 섬마을 풍경과 비릿한 바다 냄새가 아니다. 선착장에 빽빽하게 들어찬 차, 삼삼오오 모여서 웅성거리는 사람들, 부산스럽게 움직이는 중장비, 묵직하고 매캐한 아스팔트 냄새. 부두 근처에서 제법 큰 공사가 진행 중이다. 인천연안부두에서 쾌속선을 타고도 4시간이나 걸릴 만큼 뭍에서 많이 떨어진 곳이라 분위기가 잔잔할 거라고 생각했는데 전혀 예상치 못한 광경이다.

약간 얼떨떨해하며 숙소에서 짐을 풀고 점심을 먹는데 대청도 토박이라는 숙소 주인아저씨가 어디를 먼저 갈 거냐고 묻는다. 일단 대청도 전체를 한번 훑어볼 생각이라고 하니 "대청도를 제대로 보려면 군도 따라서만 돌지 말고 샛길을 다 들어가 봐야 해요. 그런 데서 보는 경치가 아주 멋지거든. 내가 시간만 있으면 안내해 주면 좋겠는데……."라며 자못 아쉬워하는 모습에서 대청도에 대한 자부심이 내비친다.

그래, 첫인상만으로 모든 것을 파악할 수는 없지. 얼떨떨한 기분을 털어 내려 점심으로 시킨 성게비빔밥을 싹싹 비우고서 길을 나선다. 그리고 채 30분도 지나지 않아 그다지 유쾌하지 않던 대청도의 첫인상은 땡볕에 아이스크림 녹듯 스르르 사라진다. 숙소 아저씨가 샛길이 보이면 다 들어가 보라는 말끝에 추천해 준 곳은 광

난두 정자각 아랫길이다. 정자각 조금 못 미친 지점에서 왼쪽으로 난 샛길로 관광안내도에는 나오지 않지만 사람들이 제법 찾는지 벤치도 있다. 솔솔바람에 살랑대는 갈대 너머로 하늘과의 경계가 허물어진 서해를 보니 마음이 그냥 탁 놓인다.

발길을 옮겨 모래을(사탄동)해변으로 들어선다. 호수처럼 잔잔한 바다와 가을볕에 반짝이는 모래밭에 서니 신고 있는 등산화가 거추장스럽다. 신발과 양말을 모두 벗는다. 모래는 밀가루처럼 보드랍고 볕을 받아 따뜻하다. 발을 간질이듯 휘감는 모래의 감촉이 좋아 한 걸음 한 걸음 떼는 것이 아쉽다. 결국 몇 걸음 가다 말고 그냥 모래밭에 누워 버린다. 아, 참 좋다!

지두리해변에서는 곱고 너른 모래톱보다 티라미스 케이크를 단면으로 잘라 놓은 것 같은 해식애가 먼저 눈에 들어온다. 오랜 세월에 걸쳐 파도와 바람이 해안을 깎은 흔적이라는데 어쩜 저런 오묘한 빛깔과 결이 나올 수 있을까? 식상하지만 '자연은 가장 위대한 예술가'라는 표현이 떠오를 수밖에 없는 광경이다. 썰물 때는 하나로 이어지고 물이 차면 둘로 나뉘는 미아동해변과 농여해변도 마찬가지다. 바닷물이 밀려오면서 생긴 곡선과 바람이 바다를 스친 흔적인 연흔은 마치 정적을 풍경으로 그려 낸 것 같다.

바닷물이 걸어 나간 자리를 이리저리 돌아다니고 풍경에 취해 분주히 사진도 찍지만 이런 내 움직임도 어느새 자연이 빚은 정적 속에 묻힌다. 그제야 나는 부산스런 걸음을 멈추고 카메라를 끈다.

물결이 만들어 낸 유려함 사이에서 꼼짝 않고 먼 곳만 바라보는 왜가리처럼 그저 가만히 풍경 속으로 잦아든다.

"그래 그렇게 사막엘 가자"

막연히 사막을 동경해 왔다. 끝 간 데 없이 펼쳐지는 모래땅은 가본 적 없는 세상의 끝 같았고 바람에 따라 끊임없이 변하는 모래언덕은 펄떡펄떡 살아 숨 쉬는 생물 같았다. 그 위로 녹아내리는 노을과 밤하늘이 시끄럽게 여겨질 정도로 많다는 별이 보고 싶었다. 광활하고 뜨거운 그 언덕을 데구루루 굴러 보고도 싶었고 양 한 마리 그려 달라며 불쑥 말을 거는 소년도 만나고 싶었다. 허나 사계절 비 내리는 대한민국에 사는 나는 사막을 본 적이 없다.

그런데 대청도에 사막이 있단다. 엄밀히 말하면 바닷가 모래가 바람에 날려 쌓인 해안사구지만 규모가 꽤 커서(면적 66만㎡, 길이 1.6km, 폭 600m, 높이 40m 정도) 사막으로 불린다고 한다. 세상에, 우리나라에서 사막을 볼 수 있다니! 두근거리는 마음으로 사막이 있다는 옥죽동에 들어서는데 멀리 곰솔숲 사이로 보이는 사막은 생각보다 초라하다. '사막으로 불린다는 거지 사막은 아니잖아.'

들떴던 마음을 애써 가라앉히며 마치 경계를 서듯 죽 늘어선 곰솔을 지나 '해안사구' 어귀로 걸음을 옮기는데 아니, 이곳에 '사막'이 있다. 멀리서 보았던 것과는 규모가 전혀 다른, 왜 옥죽동 해안

사구만 사막이라 불리는지 절로 알 것 같은 그런 사막이 있다.

처음 만나는 사막에 잔뜩 달떠서 이곳저곳을 정신없이 바라보다가 바람이 모래를 지난 흔적 위에 누군가가 덧찍어 놓은 귀여운 발자국에 시선이 간다. 행여 발자국을 망칠까 조심조심 다가가 보니 발자국이 한두 개가 아니다. 나보다 먼저 사막을 찾은 작은 손님이 많았나 보다. 그들의 정체가 궁금해서 자분자분 쫓아가다 처음 만난 손님은 사마귀다.

대청도에서는 사람보다 사마귀와 더 자주 마주쳤다. 열을 좋아하는 녀석은 돌멩이나 도로, 모래사장 등 볕에 따뜻하게 달구어진 곳이라면 어디든 배를 대고서 앉아 일광욕을 즐기고 있었다. 따뜻한 게 그리 좋은지 사막에서도 배를 모래에 댄 채 질질 끌면서 걸어가 사마귀가 지나간 자리에는 배와 다리 3쌍의 흔적이 어수선하게 남아 있다.

두 번째로 찾은 사막 여행자는 점박이꽃무지다. 검지와 중지를 세워 V자를 만든 다음 모래 위에 놓고 그대로 죽 그은 것 같은 발자국을 봤을 때는 제법 빠릿빠릿 움직이는 녀석을 상상했다. 하지만 실제로 보니 점박이꽃무지는 그렇지 않다. 초록빛 광택이 도는 딱지날개를 책가방처럼 메고 걷는 모습이 힘겨워 보이기까지 한다. 실제로 힘이 든 건지, 내 눈에만 그리 보인 건지는 모르겠지만 날래게 보이던 발자국마저 어쩐지 안쓰러워 보인다.

개미귀신으로 불리는 명주잠자리 애벌레의 발자국도 있다. 일정한 간격으로 가느다란 선이 이어지다 쉼표 같은 점이 하나, 또 선이 이어지다 쉼표가 하나. 그 모양이 하도 독특해서 유심히 지켜보다가 발자국이 끊어진 곳의 모래를 뒤적이니 명주잠자리 애벌레가 소스라치며 모습을 드러낸다. 잠깐 집어서 본 뒤에 내려놓으니 누가 쫓아올세라 뒷걸음질 치면서 모래 속으로 파고든다. 쉼표 같은 발자국은 녀석이 가느다란 선을 남기며 걷다가 모래로 들어간 흔적이었다.

비록 동경하던 모습 그대로는 아니지만 이왕 사막에 왔으니 꿈꾸던 것을 해 보기로 한다. 노을이나 별을 보기에는 시간이 이르고 양 한 마리 그려 달라는 곱슬머리 소년도 나타날 것 같지 않다. 남은 것은 하나, 광활하고 뜨거운 언덕을 데구루루 구르는 것! 나름 꼭대기로 보이는 언덕에 올라 누운 뒤 몸을 굴린다. 비탈길에서 굴린 원통처럼 쏜살같이 내려가는 모습을 상상했건만 현실은 전혀 다르다.

분명 나는 몸을 굴렸는데 내 몸은 굴러가지 않는다. 몇 번을 턱, 턱, 턱 소리를 내며 모래사장과 어깨가 직각이 되었다 수평이 되었다 하더니만 이내 서 버린다. 예상치 못한 결과라 괜스레 머쓱하긴 하지만 나름 재미는 있다. (하지만 다음날부터 마치 누군가에게 두들겨 맞은 것처럼 온몸이 쑤셨다. 재밌지만 두 번 할 놀이는 아닌 듯하다.)

언제고 다시 돌아올, 아이들의 푸른 섬

사막에서 나와 마을을 둘러보는데 저 멀리 야트막한 언덕 위에 중·고등학교가 보인다. 섬마을 학교는 어떨지 궁금해 방향을 그리로 튼다. 산자락에 폭 안긴 운동장에는 중학생쯤 되어 보이는 아이들 열맷 명과 선생님 한 분이 줄넘기를 하고 있다. 어릴 때 종종 "꼬마야, 꼬마야~ 땅을 짚어라. 뒤를 돌아라."하면서 놀던 것과 비슷하게. 어떤 아이는 재빠르게 줄을 넘고 또 어떤 아이는 박자를 놓쳐 줄을 밟는다. 줄을 넘기는 속도가 빨라질수록 박자를 놓치는 아이들도 많아지고 그때마다 아이들이 깔깔거리는 웃음소리가 운

동장을 유쾌하게 울린다.

학교 주변을 빙그르르 돌아본다. 시야를 가릴 게 아무 것도 없다. 보이는 것이라고는 새파란 하늘과 마을을 포근히 감싸 안은 산뿐. 운동장도 없이 도로 주변이나 삐죽삐죽 솟은 건물 사이에 덩그러니 놓인 서울의 학교가 떠오른다. 문득 궁금하다. 이 아이들은 자신들이 얼마나 좋은 환경에서 자라는지 알까?

수업이 끝난 뒤 체육 선생님께 허락을 얻고서 아이들과 잠시 이야기를 나눈다. 아이들은 모두 열두 명. 중학교 3학년이라고 한다. 혹시 다음 수업에 방해가 될까 봐 수업 시간을 물으니 "청소시간이에요. 그러니까 오~래~ 얘기해도 괜찮아요."라며 익살스럽게 대꾸한다. 아이들은 두어 명 빼고 모두 대청도에서 태어났다고 한다. 그래서 모두 '평생'을 알고 지낸 사이라 "너무 오래 같이 있어서 지겹다."며 서로를 보고 개구지게 눈살을 찌푸린다.

섬에서 지내는 건 어떤지 물었다. 이렇게 멋진 곳에서 지내는 것이 좋지 않느냐며. 잠시 머뭇거리더니 모두 이구동성으로 "좋아요! 근데 답답해요!"라고 외친다. 아이들은 대부분 학교를 졸업하면 도시로 나가고 싶다고 한다. 고향이 좋다는 것은 알지만 지금 아이들이 하고 싶은 것, 보고 싶은 것은 하늘 높고 바다 깊은 '여기보다'는 건물 높고 사람 많은 '어딘가에' 더 많은 것처럼 여겨지나 보다.

열여섯, 한창 다른 세상이 궁금할 나이다 싶어 고개를 끄덕이는

데 아이들이 또 하나 같이 소리친다. "그래도 나이가 들면 다시 대청도로 올 거예요." 그 이야기를 들으니 괜스레 코끝이 찡해진다. 지금 고향을 생각하는 그 마음은 살아가면서 아이들에게 정말 큰 위안과 힘이 될 것이기 때문이다. 언제고 돌아올 수 있는 고향, 그 것도 이렇게나 아름다운 고향이 있는 대청도 아이들이 진심으로 부럽다.

해질 무렵, 서해가 한눈에 내려다보이는 광난두 정자각으로 다시 향한다. 하늘에는 구름 한 점 없고 바다는 숨이 멎은 것처럼 고요하다. 집으로 돌아가는 해의 붉은 그림자만이 바다 위에 길처럼 늘어져 있다. 할 수만 있다면 그 길을 걸어 해가 지는 저 너머로 걸어가고 싶다. 점점 옅어지는 해거름 속에서 나도 그렇게, 대청도 풍경 속 흔적으로 남고 싶다.

겨울 섬을
여행한다는 것

"겨울 섬은 힘들 거야." 섬에 다니면서 줄곧 들었던 말이다. 파도는 세지, 여
행자가 거의 없으니 문을 연 숙소나 식당도 적지, 바닷바람 세기는 육지에
비할 것이 아니란다. 그러나 불도 데어 봐야 뜨거운지를 아는 미련한 성미
인지라 기어코 배에 올랐다. 결국 뱃멀미를 했고 라면과 달걀로 끼니를 때
웠다. 겨울 섬이 힘들다는 말에 충분히 공감했지만 한편으로는 오지 않고서
는 몰랐을 겨울 섬의 속살을 들여다볼 수 있어 좋았다.

묘하게 기분 나쁜 것이 영 불편하다. 대천항에서 출발한 지 1시간쯤 지났을까. 배가 많이 흔들려 잠에서 깼는데 머리는 멍하고 속은 울렁거린다. 처음에는 배가 출렁이는 것이 꼭 놀이기구 타는 것 같아 나름 재밌더니만 파도가 점점 거칠어지니 재미고 뭐고 얼른 외연도에 도착했으면 하는 마음뿐이다. 쾌속선으로 달려도 4시간이나 걸리는 대청도도 다녀왔으니 외연도 뱃길 2시간쯤이야 우습게 보고 멀미약을 먹지 않았는데 오산이었다. 겨울 바다를 만만하게 보다 큰 코 다친 셈이다.

배가 외연도 부두에 닿았다. 한시라도 빨리 배에서 내리고 싶은데 좀체 행렬이 줄지 않는다. 배에 탄 사람은 열대여섯 명인 것 같은데 왜 이렇게 더딜까 싶어 밖을 내다보니 조그만 항구가 사람으로 꽉 차서 배에서 내린 사람들이 좀체 앞으로 나아가지 못하고 있다. 평일에다가 섬을 찾는 사람이 거의 없어 하루에 두 번 운항하던 배편도 한 번으로 줄었다는데 도대체 무슨 일인지. 무슨 행사가 있었나? 그러나 생각은 거기까지. 여전히 메스꺼운 속은 당장에 배에서 내리라고 아우성친다.

겨우 겨우 땅을 밟았다. 여전히 머리는 무겁고 속은 부대끼지만 흔들리지 않는 땅에 섰다는 것만으로 안도감이 든다. 사실 오늘은 풍랑이 아주 심한 편이 아니었다. 겨울 바다에 익숙한 사람이 들으

면 무슨 호들갑이냐 할 수도 있겠다. 그러나 이 정도도 힘든데 더 심한 경우는 오죽할까. 상상하고 싶지도 않다.

그래도 섬에 도착했으니 언제까지고 뱃멀미 타령만 할 수 없어 일단 슈퍼를 찾는다. (외연도에는 약국이 없다.) 멀미를 심하게 했다고 하니 슈퍼 아주머니는 "멀미에는 이게 최고"라며 까스활명수를 권한다. 혹시 몰라 평소 잘 마시지도 않는 사이다도 한 병 사서 벌컥벌컥 마신다.

기진맥진해서 숙소에 도착하니 주인아주머니가 방을 안내해 주며 "파도가 심해서 5일 동안 배가 못 떴어요. 그래도 오늘은 날이 좋아 다행이네요."라고 한다. 부두에 있던 그 많은 사람은 대부분 주말에 외연도에 들어왔다가 배가 뜨질 못해 발이 묶인 사람들이었던 것. 겨울 섬이 쉽지 않다는 데는 사람의 의지로 오고 갈 수 없다는 의미도 포함될 것이다.

그리고 보면 겨울 섬은 인생과 닮은 것 같다. 만만하게 볼 수 없고 당장 내일 무슨 일이 일어날지 예상할 수 없으며 내 의지만으로 어찌 할 수 없는 상황이 벌어진다는 점에서 말이다.

외연도 옷장 너머에는

마을을 돌아보려고 항구로 나섰다가 도로 걸음을 골목길 쪽으로 돌렸다. 바다와 배를 보면 다시 속이 뒤집힐 것만 같아서. 골목골

목을 누비며 낮은 담장에 그려진 벽화도 보고 분홍색 울타리 속에 놓인 화분도 보고 빈집 지키는 역할을 하기에는 너무 순둥이 같은 강아지도 보고 무심히 서 있는 낡은 자전거도 본다. 엎어지면 코 닿을 곳이 항구인데 깊지도 않은 골목길에 들어오니 바다는 마치 다른 세상처럼 아득하다. 문득 옷장을 통해 신비한 왕국 나니아로 들어간 『나니아 연대기』의 루시가 떠오른다.

외연도의 변신은 그것으로 끝이 아니다. 어느 골목의 끝자락에 다다르자 이번에는 거짓말처럼 평화로운 농촌 정경이 펼쳐진다. 야트막한 산이 양 팔 벌려 마을을 감싸고 그 가운데 작은 초등학교가 폭 파묻혀 있다. 학교 앞으로는 배추와 무가 심긴 텃밭이 도란도란 모여 있고 주민 몇몇은 배추를 따 리어카에 싣고 있다. 어디를 둘러보아도 섬이라고 할 만한 것은 보이지 않는다. 날도 포근하고 배추와 무청으로 가득한 텃밭은 푸르기까지 해서 농촌의 봄날 같다.

골목길을 나와 밭두렁을 따라 외연도초등학교로 들어간다. 초입에 추억의 '책 읽는 소녀'와 '반공 어린이 이승복' 동상이 있다. 아쉽게도(?) 이순신 장군과 신사임당 동상은 없다. 초등학생 때 친구들과 나누던 이야기가 떠오른다. 밤만 되면 학교에 있는 동상들이 살아나 서로 피 터지게 싸움을 한다느니 어쩌느니. 지금 생각하면 우습기만 한 이야기지만 당시에는 어찌나 오싹했던지. 무서워서 동상 옆으로 가지도 않았다. 이곳 아이들도 그런 이야기를 나눌까?

그네에 가서 앉아 아담한 교정을 바라본다. 철봉, 정글짐, 미끄

럼틀. 아이들은 운동장을 숨차도록 달리며 철봉도 넘고 정글짐도 오르내리고 미끄럼틀도 타겠지. 여기 그네에 앉아 발을 구르며 멀리뛰기도 하겠지. 옛날 생각이 난다. 그때는 철봉을 넘지 못해 낑낑거려도, 정글짐에 올랐다가 발을 헛디뎌 떨어져도, 그네를 타고 멀리뛰기를 하다 무릎이 까져도 마냥 신났었다. 그래, 내게도 하루하루가 마냥 행복하기만 하던 그런 날이 있었더랬지.

초등학교 건물 왼편에는 천연기념물 136호로 지정된 상록수림이 있다. 아이들에게 이보다 좋은 놀이터가 또 있을까 생각하며 숲으로 들어간다. 갈잎나무는 겨울을 나려고 이미 잎을 다 떨구었는데 이 숲의 동백나무, 팽나무, 식나무, 후박나무 등은 늘푸른나무답게 여전히 싱그럽다. 상록수를 보면 어쩐지 마음 한 구석이 든든해진다. 언제였더라, 누군가가 어떤 상황에도 흔들리지 않고 일관성을 유지하는 자기 지인을 가리키며 "그 친구는 상록수야."라고 했던 말이 생각난다. 그 표현이 그렇게 마음에 와 닿을 수가 없었다. 그런 상록수 같은 품성이 부러웠다. 나는 바람이 불면 부는 대로, 꽃이 피면 피는 대로, 비나 눈이 내리면 또 그런 대로, 달라지는 상황마다 참 잘 흔들리며 변하니까.

'그럼 나는 낙엽수 같은 건가. 아, 낙엽수가 들으면 기분 나쁘려나.' 이런 신소리 같은 생각을 하며 숲을 걷다가 문득 상록수 줄기에 눈길이 간다. 줄기 대부분이 구불구불하다. 나무는 세찬 바닷바람을 견디려면 올곧은 것보다는 구부러진 편이 나을 것이라고 판

단했나 보다. 아지랑이처럼 구불거리는 상록수 줄기를 한참 동안 바라보면서 어쩌면 일관성이라는 것은 어떤 경우에도 변하지 않는 것이 아니라 변화도 묵묵히 받아들이는 자세가 아닐까 생각한다. 그렇다면 낙엽수 같은 나도 나름 일관성 있는 걸지도 모르겠다.

스산한 표정 뒤에 감춰진 겨울 섬의 또 다른 모습들

외연도는 참 묘한 섬이다. 마을은 아주 작은데 걸음을 옮길 때마다 표정이 달라진다. 멀미 기운이 완전히 가셔서 다시 항구로 나오니 이번에는 (당연한 말이겠지만) 전형적인 어촌 풍경이 펼쳐진다. 갈매기 우는 소리, 비릿한 생선 냄새, 곳곳에 놓인 그물과 항구에 정박한 고깃배를 보니 방금까지 내가 있던 곳과는 전혀 다른 세계로 온 것 같다.

유난히 눈에 띄는 것은 굴삭기와 기중기다. 이 작은 섬에서도 공사를 하나 보다 했는데 그게 아니라 배에 있는 그물을 부둣가로 옮기는 중이다. 그물이 무거워 봤자 얼마나 무겁기에 중장비까지 동원하나 싶어 가까이 가 보니 그물 양이 범상치 않다. 그제야 부두 곳곳에 산더미처럼 쌓인 물건의 정체가 그물이라는 것을 깨닫는다. 까스활명수와 사이다를 샀던 슈퍼에 들러 아주머니에게 물어보니 "젓갈 잡는 그물"이란다. 까나리, 멸치, 새우처럼 젓갈 재료가 되는 종류를 잡는 그물로 그 양이 정말 어마어마하다. 엄청난

양에 놀라며 그물을 이리저리 살피다가 그물에서 채 빠져나오지 못한 멸치 한 마리와 눈이 마주친다. 나는 젓갈을 참 좋아하는데 땡그란 그 두 눈을 보고 있자니 스멀스멀 죄책감이 들어 애써 시선을 다른 데로 돌린다.

항구를 따라서 외연도 발전소 쪽으로 나오니 이번에는 순창 고추장마을의 장독대처럼 젓갈을 담가 놓은 '고무다라'가 그물만큼이나 많다. 그 곁 공터에서 아저씨 두 분이 담배를 입에 문 채 그물을 손질하고 있다. 아저씨들에게는 특별할 것 없는 일상 작업이겠지만 바다 일을 잘 모르는 내게는 그 모습이 어쩐지 포스 있어 보인다.

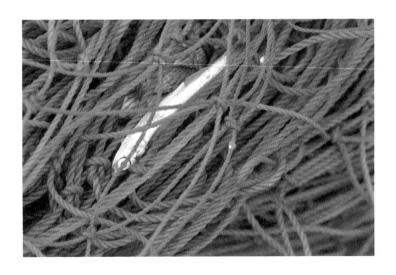

바지런히 그물을 끌어다 내려놓기를 반복하는 중장비 옆에서 할머니 한 분이 고깃배에 등을 기대고 앉아 밀복을 손질하고 계신다. 할머니는 빨랫감처럼 쌓인 밀복을 한 마리씩 집어 무심히 배를 가르고 속엣것을 들어낸 뒤 툭 하니 앞으로 던지신다. 할머니 앞에는 바람 빠진 풍선처럼 쪼그라든 복어가 차곡차곡 포개져 있다. 이 많은 고기는 다 어디서 왔느냐고 물었더니 할머니는 "큰 배가 잡아온 것이지요."하신다.

그러고 보니 외연도에는 크고 작은 고깃배가 참 많다. 섬이니 당연한 소리처럼 들릴지 모르겠지만 지금까지 다닌 섬 중에 이렇

게 배가 많은 섬은 처음이다. 외연도 주민은 대부분 어업에 종사한
다. 마침 할머니의 빠른 손놀림 너머로 자그마한 고깃배가 출항하
는 것이 보인다. 할머니에게 다시 여쭤 보니 해녀들이 물질하러 가
는 것이란다. 외연도에는 해녀가 열 명 정도 있고 대부분 제주도에
서 이곳으로 시집을 온 이들이다. 배를 타고 바다로 나가 전복과
해삼을 따서 돌아오겠지. 그 모습을 상상하니 얼마 전 한 신문에서
읽었던 김수영 시인의 문장이 떠오른다.

　"시작(詩作)은 '머리'로 하는 것이 아니고 '심장'으로 하는 것도 아니고, '몸'으로 하는 것이다. '온몸'으로 밀고 나가는 것이다. 정확하게 말하자면, 온몸으로 동시에 밀고 나가는 것"

　어디 시를 쓰는 것만 그러할까. 해녀의 물질도, 할머니의 생선 손질도, 어부의 그물 정리도 그저 묵묵히 '온몸'으로 밀고 나가는 것이리라. 그리고 그런 삶이 가장 강인한 삶이 아닐까.

확실히 여행자에게 겨울 섬은 힘들지 모르겠다. 파도가 세서 뱃멀미를 할 확률도 높을 뿐더러 배가 아예 뜨지 못하는 경우도 허다하다. 그러면 꼼짝없이 섬에 발이 묶일 테지. 찾는 이가 적으니 숙소나 식당도 문을 닫는 곳이 많을 것이다. 자칫 준비 없이 털레털레 갔다가는 오갈 데가 없을 수도 있다. 배도 무사히 탔고 문을 연 숙소나 식당이 있다고 해도 겨울 바닷바람은 겪어 보지 않은 사람은 상상도 못할 정도다.

나 역시 뱃멀미를 한 데다 밥 먹을 곳을 찾지 못해 라면과 달걀만 먹고 지냈다. 하지만 분명한 것은 겨울 섬이 보여 주는 표정이 그게 다는 아니라는 거다. 멀미약 잘 챙기고 식사 제공하는 민박집 알아보고 옷도 두툼하게 입고 마지막으로 며칠 발이 묶여도 '이런 경험 또 언제 해 보겠느냐'는 긍정적인 마음가짐까지 덤으로 준비한다면 겨울 섬은 우리에게 쓸쓸한 풍경 뒤에 숨겨진 매력 넘치는 속살을 가감 없이 보여 줄 것이다. "열 가지 꿈의 보물섬" 외연도처럼.